EN PASSANT

Imprimerie L. CHARPENTIER, 5, rue Anneessens, 5, Bruxelles.

97 Fernand Sennell

Fernand SARNETTE

EN PASSANT

NOUVELLES ET POÉSIES

1887-1897

AVEC UN PORTRAIT

Bruxelles
IMPRIMERIE L. CHARPENTIER
5, rue Anneessens

1898

AVERTISSEMENT AU LECTEUR

Voici un livre qui n'est pas et ne sera jamais une œuvre. Ce sont de ces notes que l'on crayonne parfois dans une vie aventureuse. J'avais tracé quelques impressions en France, en Suisse, en Italie, en Allemagne, en Belgique, en Angleterre. Un jour, fouillant dans les tiroirs, j'ai ressuscité ces feuilles intimes de leur poussière et les ai rassemblées par ordre chronologique.

Le volume qu'elles forment va de 1888 à 1898, c'est-à-dire de la dix-neuvième à la vingt-neuvième année. C'est à mon avis le seul intérêt qu'il pourra présenter. Il se passe tant de choses dans ces dix ans de la vie d'un homme ! Les impressions prennent progressivement des intensités si différentes ! Et je pourrais dire sans parodier le poète des Nuits, que les dix premières nouvelles sont d'un essayeur de la vie, les dix dernières d'un déjà fatigué d'elle.

F. S

Amsterdam, 1897.

EN PASSANT

Ire PARTIE

VOIX ENFANTINES
(Virelai)

Les enfants ont des mots étranges
Qu'ils entremêlent dans leurs pleurs,
Et comme des larmes de fleurs
Dieu les préfère aux ris des anges.

Lorsqu'ils sanglotent dans leurs langes
En de vagissantes rancœurs,
Les enfants ont des mots étranges
Qu'ils entremêlent dans leurs pleurs.

Quand ils grossissent les phalanges
Des petites âmes leurs sœurs,
Et que sur leurs rythmes berceurs
Ils chantent Dieu dans leurs louanges,

Les enfants ont des mots étranges.

1887.

LA MAITRESSE VERTE

To by or not to by !   A. J. Irénée Avias.

On lui avait dit vingt fois que ça le tuerait.... Bah !
est-ce que l'on meurt lorsqu'on porte comme lui des
poids à écraser un bœuf ? Sur le quai, les pièces d'huiles
lourdes et graisseuses, les chargements de blé, tous ces
bibelots, comme il disait, ne lui pesaient pas plus qu'un
jouet dans une main d'enfant. Et, ce disant, il *la* faisait
tranquillement avec un clapotement agréable d'eau qui
tombe goutte à goutte. Puis il prenait en tremblotant
le verre à pleine main et humait avec délice.

Oui, il avait remué tous ces poids là dans le temps ;
mais aujourd'hui il ne travaillait plus ; son atelier c'était
le bouge du père Venance, un des meilleurs empoison-
neurs de la ville. Là il se mêlait aux autres portefaix,
et se confondait à la tourbe grouillante et sale des
flâneurs, des ramasseurs de mégots, des souteneurs
infects qui venaient noyer dans la *verte* le résultat de
leur *récolte* journalière. Il était heureux dans ce petit
réduit fumeux, au milieu des flacons aux étiquettes
graisseuses, dans cette atmosphère étouffante, empoi-
sonnée, dans ces senteurs âcres de liqueur, de cigare
éteint, de sueur et de chique puante. Au milieu de
l'argot dégoûtant, des jurons et des crachats, il buvait
sa première, sa seconde, et ainsi jusqu'à dix. C'était son

ami Galachu qui l'avait conduit là, et il y avait quatre ans que cela durait.

Et cependant, là-haut dans le quartier élevé de la ville, il avait une mansarde, il avait une femme qui, soir et matin, tournait la roue de l'ébénisterie des Jarcot, et une fillette de sept ans pour laquelle il aurait bien dû abandonner Venance et son cabaret.

*
* *

Un soir en rentrant, ivre comme de coutume, il trouva sa femme désolée. — Tu pleures donc toujours, toi ? — Ah ! si tu savais ! Et elle raconta : la petite depuis deux jours avait le corps en feu et, comme elle disait des fourmis aux bras ; le médecin l'avait tâtée, avait hoché la tête en disant un mot qui avait fait frissonner la mère. Il avait griffonné un morceau de papier, et c'était tout. L'enfant etouffait dans sa couchette. L'ivrogne s'approcha, abruti. — Père ne m'embrasse pas.... tu sens la liqueur de l'armoire.... — L'homme recula. Pendant deux jours on ne le vit plus au bouge. Lorsque, par hasard, il passait devant un cabaret son supplice était terrible ; au seul mot d'absinthe même, sa bouche s'inondait, ses tempes battaient à se rompre, son œil s'ouvrait large et fixe ; les effluves amères de la meurtrière liqueur lui montaient à la gorge, et il suffoquait, harassé, mort.

Quelques jours après, la petite râlait, absolument perdue. Il restait au chevet. Tout à coup, par une de ces résolutions brusques de la passion comprimée, il se souvient qu'il a un fond de bouteille dans l'armoire ;

dans un accès de névrose épouvantable, il oublie tout,
se précipite comme un affamé sur un pain ; il approche
le flacon de ses lèvres.... et, comme un chien qui regarde
son maître avant de dérober un os, il lève les yeux sur
l'enfant.... Morte, blanche, immobile, elle le regardait
de ses grands yeux éteints, par delà l'éternité. Suprême
reproche qui lui fit briser sa bouteille, l'absinthe alla
rejaillir jusque sur les draps de la petite morte.

Le lendemain, deux hommes noirs et tristes comme
des oiseaux de nuit vinrent la prendre. Ils l'emportèrent
pâle et belle, souriant aux chrysanthèmes et aux roses
blanches qui lui servaient de linceul. Au sortir de l'église
on prit le chemin vert ; les oiseaux frileux des froideurs
de l'automne fuyaient en poussant des petits cris,
comme pour partir avec elle, tandis que là-bas dans la
chaude rumeur de la ville, la cloche dans son chant
saccadé lui jetait un lugubre et suprême adieu.

Tandis que, pâle et sans vie, la mère suivait le petit
cercueil, l'ivrogne fou, ahuri, l'œil hagard, la face affreusement livide et contractée, courait la ville en tout
sens. Galachu le rencontre sur le quai... — Tu va bien
vite ? viens donc prendre un verre.... — Le misérable
s'arrêta ; ses dents claquaient : Un verre! un verre !...
et la soif de l'alcool était là implacable, qui le terrassait,
l'écrasait, le rendait une chose, une machine qui a
besoin d'huile et qui grince.

Chez Venance, il but verre sur verre. — Pure ; mais
tu vas te tuer! — Laisse faire, dit-il simplement. Il but

encore. On partit. Au détour d'une rue, quatre hommes passèrent portant une civière à plumets blancs. — Tiens, dit Galachu, on vient de descendre un gosse, qui donc...? — Il ne put achever, un formidable coup de poing l'envoya s'aplatir contre la borne. L'ivrogne s'était vengé. Il l'acheva à coups de pied et s'enfuit.

Le soir vint. Il sortit de la ville, ivre d'alcool et de sang ; il prit le chemin vert en titubant, puis immonde, dégoûtant, dans un dernier hoquet d'absinthe, alla rouler dans le fossé du cimetière. Dans les arbres jaunis et les roseaux de la route, la bise de novembre pleurait mélancoliquement le glas funèbre des roses fanées et des feuilles mortes.

Lyon 1887.

KOZOR-ROCK

LÉGENDE HINDOUE

Il venait du ciel, de ce pays enchanté où résonnent toujours les cordes frémissantes des guzlas et la douce voix des bayadères, où la vie semble un rêve d'amour, où l'aurore est éternelle, où les fleurs ne se flétrissent pas.

Resplendissant dans sa céleste parure, il était beau comme le soleil, éblouissant comme l'arc-en-ciel. La huppe traînante qui couronnait majestueusement sa tête, brillait de mille lames d'or, d'argent et de feu. Dans son plumage moiré scintillait tout un amas de ruisse-lantes pierreries : la turquoise et l'émeraude aux teintes marines, l'aurore de la topaze, l'azur du saphir se mê-laient, se jouaient en un divin chatoyement ; puis, toutes ces richesses allaient se rejoindre en un soyeux panache où miroitaient tour à tour les reflets irisés de l'opale et le sanglant éclat du rubis. Tous les trésors de Golconde eussent pâli devant cette merveille.

*
* *

C'était Brahma qui l'avait apporté du ciel. Il en avait fait présent à Djemmapour, premier rajah d'Alla-Abad, parce que tous les rajahs de l'Inde sont fils de Brahma et que Djemmapour était son fils chéri. Depuis des siècles Kozor-Rock, l'oiseau divin, vivait là, dans une pagode sanscrite, enseveli dans la fraîcheur impéné-trable et mystérieuse d'un bois sacré, au milieu du si-lence des sycomores, des bananiers embaumés et des cactus toujours en fleur. Il se nourrissait des célestes blancheurs de l'aube et de la tiède vapeur des soirs, il s'enivrait éternellement des parfums de la luxuriante flore d'Orient. C'était pour lui que, sur l'Hymalaya, les arbres géants pleuraient l'encens des cassolettes, pour lui que le cimeterre du brahmane ensanglantait les marches de l'autel. Marquées de l'infamie du paria ou coiffées du fastueux turban du nabab, toutes les têtes s'inclinaient devant cette majesté divine, belle comme le soleil, éblouissante comme l'arc-en-ciel.

Quand Timour-Lenk, mogol de Samarkande, renversa les royaumes de l'Asie Mineure ; quand Gengis-Khan et ses vizirs écrasèrent les Turcs et conquirent le Thibet, quand les Afghans reculèrent épouvantés devant le rajah de Sumbelpour, quand la puissance de l'Inde s'étendit depuis l'Iran jusqu'aux confins du Bengale, Kozor-Rock, l'oiseau divin, chanta...

Il chanta, et les lotus sacrés ouvrirent leurs calices frissonnants, et le tigre des jungles arrêta ses carnages, et le serpent naja, dont le dard bave la mort, s'enfuit, apeuré, sous les taillis profonds et embaumés.

Quand Jaleo-Kansah, alors rajah d'Alla-Abad, partit, suivi de cent mille hindous, pour aller frapper de sa tête les marches du temple de Bénarès, la ville sainte chère à Bouddha ; quand, pour peupler les mers de la gloire de l'Hindoustan, il dépouilla les forêts de leurs tecks gigantesques et que cinq cents tartanes sortirent du golfe de Bengale aux chants des peuples émerveillés, Kozor-Rock, l'oiseau-dieu, chanta...

Il chanta, et les brillants lophophores s'envolèrent, jaloux, dans les bambous énormes, et les cocotiers se chargèrent de récoltes, et la panthère cessa son miaulement sinistre, et les bouquets de micocouliers abaissèrent leurs rameaux fleuris, et les cèdres pleurèrent des gouttes d'or, et sur la côte les pêcheurs de trésors plièrent sous le faix des perles et des coraux.

Mais le pieux Jaleo-Kansah mourut, et Mansour, son

fils, lui succéda. Jamais on ne le voyait aux pagodes ; jamais il n'inclinait sa tête et ses bras devant Chiva, Brahma et Vichnou, la trinité sainte qui écrit sur un livre d'or les destinées humaines. Mansour, indolent, dormait sous les banyans sacrés et profanait leurs ombrages. A la chasse, sans respect pour les pieux rites, il tuait les terribles serpents du Gange qui doivent punir les criminels. Enfin, poussé par le noir esprit du mal, il s'allia contre sa patrie, contre la terre sacrée de Bouddha, à des étrangers venus du bout du monde. Ils étaient du pays où le soleil ne se lève jamais, leur visage n'était point bronzé, le chef de leur bande se nommait William. Ils marchèrent sur Alla-Abad : Cipayes, Timariots à l'armure superbe, gardes du palais et jusqu'aux fakirs en bure, tout fut égorgé, massacré. Le perfide Mansour livra lui-même son père et son peuple aux Anglais.

Depuis trois jours, Kozor-Rock, l'oiseau fils du ciel, ne chantait plus... Mais lorsque le profane Willam, monté sur l'éléphant royal, voulut se diriger vers le bois sacré, les sycomores et les bananiers brisèrent leurs tiges, les fleurs fermèrent leur corolle, la pagode s'écroula, et Kozor-Rock, l'oiseau sacré, ouvrit ses ailes diamantées. Il poussa un cri terrible qui fit tomber face à terre tous les profanes, puis, lentement, majestueux, emportant avec lui tout ce que l'Inde avait de poétique, de mystérieux et de divin, il s'envola vers le ciel.

*
* *

Il vola longtemps, longtemps, puis disparut comme

un météore, vers ce pays enchanté où résonnent toujours les cordes frémissantes des guzlas et la douce voix
des bayadères, où la vie semble un rêve d'amour, où
l'aurore est éternelle, où les fleurs ne se flétrissent
pas.

Charbonnières, près Lyon, 1887.

PRINTEMPS

(Stances)

Pourquoi laisser encor vos muses endormies ?
Le dernier soir d'hiver là-bas s'est effacé,
Emportant dans les plis de son manteau glacé
Les sonates de deuil que vos luths ont gémies.
Dans les roses splendeurs des aubes purpurines
La nature s'attarde aux langueurs du réveil,
Coquette, elle sourit aux baisers du soleil...
Poètes, reprenez vos chimères divines !

Quand les redirez-vous vos tendres mélopées ?
Et vos rêves ailés et vos rythmes berceurs ?
Voyez, les nuits d'amour en leurs tièdes douceurs
De plis mystérieux se sont enveloppées.
Phébé va s'inonder de clartés Azulines,
Qu'attendez-vous pour nous chanter les doux frissons
Et la rumeur des soirs et les voix des buissons ?
Poètes, reprenez vos chimères divines !

Dans l'azur rayonnant, nos cimes désolées
De léger satin vert, vont bientôt se couvrir,
Sous le charme d'avril, les bois vont refleurir
Et faire pardonner leurs feuilles envolées,
Le virginal miroir des sources cristallines
De rires diaprés commence à se plisser
Sous le souffle embaumé qui vient les caresser.
Poètes, reprenez vos chimères divines !

Marseille 1888.

CHAMARRURES

Les regains d'amour ne sont pas rares. Le cœur humain change si peu. Aussi mon ami Claude J. sentit-il comme un souffle chaud lui courir sur la nuque quand il la rencontra dans la bousculade inondant le péristyle. Très mignonne dans sa jupe courte de soie moussée bleue ciel, ses bas de brocart de même couleur, coquettement chaussée de souliers façon polichinelle en bonbonnière enrubannée, sur les cheveux torsadés un chapeau pain-de-sucre fanfreluché bleu et blanc. Sous le loup fripon, deux yeux riaient malins, croyant ne pas être reconnus. Elle s'approche, fignolant un geste étudié d'avance, papotant en sourdine dans une mignarde voix de tête.

— Bonjour Claude, très chic ta toilette moirée incroyable du bal d'hier. Et Lucie ? et Rose ? et la femme du *papadiot* de la Corraterie, c'est donc fini ? Ah ! tu ne t'attendais pas à celle-là, hein ? — Au fait, mon Dieu, pourquoi pas. Il la connaissait très bien à ses yeux si longtemps aimés, à son geste familier de tête dodelinante sur les épaules, au grain de sa peau, à sa moiteur, à la naissance des frisons de la nuque, à sa manière particulière de cambrer sa taille, à ces mille petits riens, appris jour par jour dans l'être aimé et dont l'amant se sert pour illustrer les pages du roman d'amour. Dix mois de séparation n'avaient pas affroidi les brûlures des baisers, ni effacé leurs marques. Et en lui-même, pendant qu'elle croyait toujours l'intriguer de révélations, il pensait : mon Dieu, oui, pourquoi pas, et il la laissa dans son erreur, galant, obséquieux même, comme ne l'est pas l'être ayant déjà possédé, il s'étudia, et tant bien que mal joua son rôle jusqu'à la fin. Elle, amusée, piquait au miroir comme une gente allouette des regains. Et, au fait, c'étaient bien des regains d'amour qui lui montaient lentement à la gorge pendant qu'elle tournoyait avec lui dans le fouillis multicolore des dominos, des pantins, des arlequins et des folies. Elle aussi pensait aux enivrements passés, si loin maintenant... Au buffet, pendant qu'elle croquait, dans le soulèvement discret de la dentelle, la meringue dorée, lui, fixant son verre, l'œil attaché aux étincelles se dégageant de la mousse pétillante du Chandon, rêvait, combinant un retour, une réconciliation passagère dans le silence sourd de la garçonnière à la rentrée. Dans ce déguisement, malgré le charme déjà connu, il y avait quelque chose de plus, une espèce de mystère qui s'attachait à elle ; prestige banal de chiffons et de colifichets, si l'on veut, mais l'artiste aimait à s'égarer dans cette illusion mignarde. Dépravation coquette, très douce ; pour une fois, mon Dieu ! Et tandis qu'elle souriait sous cape à la sortie, croyant se donner une jolie victoire en arrivant, rêvant le triomphe du masque jeté sur la table, lui se sentait déjà envahi par la fine étreinte de cette ancienne aimée sous le mirage voilé de l'inconnu, il voulait prendre la pierrette, la déguisée, l'étrangère, et il repoussait l'idée que, sous la soie bleutée, ce corps était à lui depuis près d'une année. Dans la voiture : Et... Marguerite F., y penses-tu quelquefois ? Il tressaillit, puis se reprenant : C'est déjà bien loin, mais après tout je l'aime parce que tu lui ressembles... *un peu*. Elle ne songea pas à se débattre pour la forme comme on doit et l'union fut exquise, tandis que le matin jetait sur les vitres de la portière une teinte apâlie de lumière mourante. Chez lui, elle s'assit, s'apprêtant à retirer l'épingle du chapeau et le masque, lui s'élança : « Oh ! non, non, *tout, tout, tout*, mais pas ça ! » Dehors, en la buée grisaille du matin, un dernier carillon de grelots en folie faisait une étrange tierce aux criées déjà lasses des refrains de carnaval.

Paris, 1888.

LES GLYCINES

A la mémoire de Verlaine.

Nous marchions côte à côte sous les arches du monastère. Il exhortait mon jeune âge. Je le revoyais tel que je l'avais connu l'année précédente dans son atelier de pastelliste de la rue de Saxe, plus maigre pourtant sous la bure blanche du Père André. Quel roman ! mon Dieu. En l'entendant parler, je le revoyais rivé à sa folle Léa qui lui prit cœur et raison, son fin modèle, comme il disait ; j'entendais le crin-crin de ses cascades dans les brasseries et les bals ; il m'apparaissait tapageant au théâtre, riant dehors, jetant ses bouts de cigarettes dans les vitrines des marchands ahuris, prenant d'assaut les périssoires, perçant les toiles qui l'agaçaient, brisant les pavés de ses flons-flons éclaboussants, brûlant sur le tapis vert son génie et son nom !... Toute cette existence envolée me revenait en entendant cette voix musicale, devenue grave par la souffrance, vibrer sous les voûtes froides de la galerie. Oh ! l'évocation de ce passé de pochades et de passions étourdissantes, dans le silence sépulcral du cloître.

Nous causions de l'art, l'immuable et l'éternelle tabernacle des extatiques et des hallucinés du divin. Ah ! ses palettes, il les avait brisées, dégoûté, écœuré.... Il se contentait de vivre de visions ; heureux hystérique du beau, heureux fou, car il l'était jusque dans ses offices et ses prières.... « Voyez, me disait-il, ce Gustave Doré...

un palais rubis et flammes jaspées, des dragons d'émeraudes liquesçantes, des ors, des azurs, des végétaux
incompréhensibles avec leur merveilleuse ramure de
pourpre et d'ambre, n'est-ce pas Dieu qui se révèle et
nous fait entrevoir un coin de son palais diaphane,
séjour des béatitudes infinies?... „ Et il me montrait le
soleil barrant l'horizon d'une traînée de sang. Heureux
malade! Sa raison perdue lui avait laissé des visions
célestes. Il priait dans l'extase des illuminés de l'art,
que pouvait-il désirer davantage?

Nous avions traversé le parc... Çà et là, quelques
sombres aliziers habillés de lierre, puis de petits sentiers
indécis embroussaillés de cyclamens et d'églantines,
aboutissant à une sorte de rond-point délabré, où une
vieille croix émergeait de la verdure inculte des buis de
Perse. « Non!... pas de ce côté!— Je sentis sa main con-
vulsive m'étreindre le bras. Il raconta....

« Vous avez vu souvent Léa, mais il vous est inconnu
par quel charme elle sut me ravir à l'art, pour m'atta-
cher à elle seule. Une branche de glycines glorieusement
piquée aux blanches rondeurs de sa robe de satin. Je
crus à une vision de Greuze; absolument fou ! — Après
la valse, de sa main gantée, elle me plaça à l'habit une
de ses grappes violettes. Ce fut un délire. Vous avez su
le reste, mes folies, mes ruines... C'était mon seul
modèle, savez-vous ! un galbe, des modèles, des ors de
chevelure ! Ah ! puis vinrent les amants, comme toujours, les tromperies, les toiles déchirées, je voyais tout
la passion me bâillonnait. Enfin je me révoltai contre

la souffrance et je crus que la coupe amère de l'ascète
pourrait avoir pour moi le baume de l'oubli... Je sacri-
fiai art et amour, et vins dans cette retraite m'ensevelir
doucement et chercher en Dieu l'art sublime et l'amour
surnaturel, seul breuvage pour les âmes d'artistes
séchées d'écœurements... Erreur! La désespérante
solitude du cloître augmente mon angoisse et avive les
plaies fermées d'hier, car la magie, la sorcellerie de ces
fleurs, premier gage, m'a suivi jusqu'ici. Dans mes
rêves je tresse des couronnes de glycines, j'en coupe des
gerbes, j'en forme des guirlandes. Puis, souvent, en
fermant les paupières, tenez comme cela, là, je vois des
violets pâles. Oh! mais des teintes!... Des colorations
indécises, des nuances mourantes, des tons de lèvres
agonisantes, de lointains vagues... Infernale obsession!
Ce lieu solitaire que vous voyez là-bas, je le fuis, il
m'attire, invincible, enchanté. Sur la base de cette croix,
des pieds de glycines enlacent leurs vrilles, s'accrochent,
se tordent, rampent, s'enroulent comme le serpent du
Calvaire. Oh! la cruelle évocation du passé. Chaque
jour, j'arrache une à une ces belles grappes violacées,
mais elles renaissent sans cesse comme la brûlure de
ma passion ; et je revois tous ces rêves de chair aimée
et choyée, où ma soif d'art s'étanchait. Si je veux échap-
per, ces grappes sont là, douces et terribles, m'empri-
sonnant dans leurs chaînes fleuries. Je souffre. L'obsession................. » — Il parlait, parlait, disant sa
passion, ses délires, et l'écho de ces voluptés déjà lointaines revenait, ravivé par la vue de ces fleurs qui le

liaient pour toujours à la terre. Maintenant il oubliait sa robe, ses vœux, tout : Terrible cet abîme qu'il voulait creuser entre le monde et lui et qui se recomblait sans cesse !

La nuit était noire quand je descendis au village. Je songeais à mon ami, à ses visions, à son grabat, à sa torture angoissante. Mais comme sur tout ici bas, le temps finit par jeter son voile sur le souvenir de mon ami.... Je l'oubliai.

Un an après, au Mardi gras, j'entrai par hasard au bal du petit Bullier, j'y vis Léa, dorlottée, adulée, adorée ; elle me reconnut, sauta de joie, amusée par mon inexpérience de vingt ans : « Comment, on vient au bal sans fleurs maintenant ?... » « Je préfère vous en offrir » et achetant un bouquet de glycines, je le lui offris, plongeant mon regard dans ses prunelles noires d'espiègle. « Quoi donc ? Ah oui, au fait, c'est vrai, mon rapin, le toqué. Mais, dites donc, ça devrait joliment me faire vieille, depuis le temps !... » Je répondis la banalité que sa phrase demandait, puis on dansa, on fit les fous.

Quatre mois après, je revins dans le Midi ; une tiède après-midi de chasse, passant près de la retraite de mon ami ; « Le Père André ? demandai-je au frère convers. — Le Père André ! il était mort ; on l'avait trouvé étendu au pied de la croix du parc, sur une jonchée de fleurs arrachées. — Bien sûr, concluait le vieux frère en se grattant le front, bien sûr, il avait quelque chose là. »

Et, descendant le coteau, sous la feuillée poudreuse
des oliviers, je songeais en pleurant aux génies brisés
par les heures mortes.

Marseille 1888.

LA CROQUEUSE DE NOISETTES

Assise sous un chêne et les jambes croisées,
Comme eut fait à Stamboul le sultan roi des rois,
Elle aimait à croquer les noisettes des bois,
Ruisselantes encor des tardives rosées.

A chaque mouvement de sa bouche coquette,
Où les lèvres semblaient une fleur des buissons,
Il se sentait courir de si violents frissons,
Qu'il eut donné son cœur pour être une noisette.

Elle avait un moyen de jeter les coquilles
D'un coup de langue rose, avec un petit air
Qui sonnait les vingt ans dans un sourire clair,
Tic, tac ! comme un pinson qui coupe des brindilles.

    Deux ans après, fuyant les fêtes,
    Il la rencontra par hasard :
    Elle faisait le boulevard...
    Pauvre croqueuse de noisettes !

1888.

PORTRAITS DE FEMMES

—

LA RONDINELLA

Quand Claude eut jeté sa cigarette, il toussa et se mit à conter : Ce soir-là, le vent était complètement déchaîné ; assis près de mon feu, je revoyais, l'œil fixé sur la flamme, toutes les visions passées amis et amies, joies et tristesses surtout que certains ont nombreuses, même avant la vingt-troisième année. La chambre était bien close et cependant la bise hurlait si fort qu'on aurait cru qu'elle voulait envahir la maison en dépit des portes et des fenêtres capitonnées. Cela commençait par un murmure geignant comme la plainte de quelque pauvre enfant perdu, puis *crescendo*, cela courait et augmentait dans de telles proportions que tous les démons de l'enfer du Dante ne se seraient pas entendus crier. Enfin, c'était un de ces ouragans qui font, quand on est assis les pieds près de la braise, songer au pauvre hère tremblant sous le porche de quelque église ou le toit de quelque étable abandonnée.

Je remuais donc la cendre de mes souvenirs : amis d'enfance, de collège, de jeu, de régiment, de libertinage, compagnons d'Université, français, étrangers, gens de cœur, gens d'argent, égoïstes et ils étaient nombreux, maîtresses fidèles et maîtresses infidèles — il y en avait pas mal —, artistes de théâtre ou d'atelier, poètes, sculpteurs, virtuoses, peintres, intelligents, stupides, bons, méchants, francs et hypocrites, tous dansaient autour de moi la plus bariolée des sarabandes. Le penchant mélancolique et pessimiste des gens qui ont souffert leur part est une tendance toujours fâcheuse quand on a les pieds bien installés sur les chenets. Les larmes que l'on verse sur les maux passés ne sont jamais sincères quand on a la tête fraîche, les pieds chauds et l'estomac plein.

Ecartant donc toute pleurarderie, je m'évertuais à chercher quel être pourrait bien venir me tirer de la monotonie de mon existence et m'apporter l'inestimable philtre du bonheur. Puis, par une association d'idées bien naturelle du reste, je me reportai aux temps passés. Je trouvai Socrate bien pâle, Pline raseur, Leibnitz assommant, Pascal glacé et Descartes farceur. Seul La Rochefoucauld me disait quelque chose avec ses *Maximes ;* je n'aurais jamais pu m'expliquer pourquoi, mais en ce moment, il me paraissait très intéressant, ce moraliste de haute école, avec ses coups de plume piquant au vif la piètre humanité et cent fois plus agréable à sentir vous entrer dans la chair que les recherches et les démonstrations plus ou moins oiseuses des professeurs *ex cathedra* de sociologie, de droit ou de médecine. Aussi, électrisé par l'admiration que m'inspirait le brave duc, je me levai subitement croyant prendre dans ma bibliothèque les *Maximes.* J'ouvris un volume — j'avoue que la chose m'arrivait rarement — et l'approchai de la lampe...

Trois coups frappés à ma porte avec assez d'hésitation, m'empêchèrent de lire et je laissai mon livre tout ouvert sur la cheminée. A cette heure, par un temps pareil, quelle est la créature animée qui pouvait venir ainsi me relancer dans ma serre chaude ? Deux nouveaux coups plus assurés me décidèrent à aller ouvrir, je traversai le corridor en maugréant et avec assez de précautions j'ouvris la porte. Je vis un espèce de paquet grelottant et chevrottant quelques mots incompréhensibles : — Enfin, qui que tu sois, entre vite, avec un temps pareil on ne laisserait dehors ni un adjudant, ni un créancier, ni un chacal, ni même sa concierge ou sa belle-mère. « Le paquet me suivit et je l'installai le plus commodément possible au coin du feu. J'écartais les haillons qui l'entouraient et je vis les plus jolis yeux noirs qu'il soit possible de s'imaginer, seulement le visage avait tellement reçu de poussière et d'eau qu'il en était devenu bistré comme celui de la vierge noire de Tchestakove.

Lorsqu'elle se fut un peu réchauffée, j'apportai à ma visiteuse de quoi faire un brin de toilette. Des babouches et un peignoir héliotrope et rose qu'une aimée avait oublié de remporter avec son cœur. Quand je revins, le paquet s'était transformé en une jolie fille. Taille fort bien prise, gorge ferme, cheveux d'un noir magnifique, deux yeux larges et pleins de feu, un teint mat d'un joli grain, des bras, oh des bras modelés à la Coustou : « Eh bien, lui dis-je, sans préambule, mais tu n'es pas mal du tout, je dirai même, fort jolie...

Mais au fait un petit repas bien chaud ferait mieux ton affaire que les compliments les plus français du monde. » En quelques minutes je lui fabriquai un de ces *lunch-impromptu* dont les étudiants en garni ont seuls le secret. Tout d'abord elle mangeait avec hésitation, faisant des mines d'oiseau pris, levant à toutes les bouchées ses grands yeux sur moi et les rebaissant subitement; puis peu à peu, soit que le vin fut un peu guilleret ou le thé assez chaud, elle s'enhardit et nous fîmes un bon bout de conversation : Elle était italienne, là-bas du côté des Romagnes; orpheline de bonne heure, elle avait roulé de troupe en troupe avec un vieil oncle, jouant de la guitare, chantant et dansant pour quelques sous de cuivre. Puis, pauvre oiseau sans nid, l'hiver l'avait surprise et comme son vieux lazzarone d'oncle la battait régulièrement, elle s'était sauvée avec une vieille cithariste. Nouvellemeut établie dans la ville, elle avait perdu l'adresse du taudis où elle partageait un matelas avec sa compagne et était venue en rôdant jusque dans la banlieue, entre champs et murailles. Elle m'intéressa beaucoup. Comme d'une part je trouvai stupide de lui demander son nom qui pouvait du reste n'être pas en rapport avec son genre de tête, et que de l'autre elle me faisait tout l'effet d'une hirondelle qui, ayant perdu la bande des autres, se réfugie dans un trou de mur pour ne pas mourir de froid, je la baptisai séance tenante : la *Rondinella*. Cela allait avec son corps fluet et frissonnant... de la dernière bourrasque probablement.

Je trouvai assez de circonstance de lui tenir tête et de

faire un petit souper d'amis. Tout en causant, elle se
découvrit d'un mouvement bien brusque pour être na-
turel. Je ne sais quelle mauvaise idée s'empara de moi,
une de ces chaudes buées des vingt ans me monta à la
tête ; je la saisis dans mes bras, son cœur battait dans
ma main le plus violent des appels, la pulpe de ses lèvres semblait un nid de volupté, de son beau petit corps
montait une buée chaude qui me grisait. Mais soudain
la vision du vrai m'apparut froide et sévère. Ce petit
coin du cœur qui vibre quelquefois fut plus fort que
tout. Je revis le paquet grelottant, mendiant une place
au feu et un morceau de pain. Cette pauvre existence
de fragile épave ballottée au gré des coups de l'existence passa devant mes yeux, rapide comme l'éclair ;
et l'odeur de cette carnation brune qui me semblait
tout à l'heure un effluve capiteux du plaisir, me parut
sentir la misère, l'infortune désespérée, ce haillon dé-
chiqueté, le dernier, celui qui précède le linceul des
morts de faim. Je refoulai une larme, vite j'embrassai
Rondinella sur le cou et je quittai l'appartement en lui
disant : « Dors là sur ce canapé et au lever du jour,
pars avant que je ne te revoie, adieu *povera Rondinella !* »

Je ne dormis pas ; pelotonné dans mes draps, je ne
pouvais parvenir à me réchauffer. Le vent mugissant à
travers les volets semblait me reprocher ma mauvaise
idée de la soirée. Je jurai de ne pas sortir de ma chambre avant qu'elle soit sortie. Trois heures durant, je
réfléchis. Puis, brusquement, changeant de résolution

et comme les premiers rayons du jour commençaient
à blanchir les carreaux, je me levai; je courus à la
chambre contiguë, ma petite mendiante dormait. Deux
baisers sur les yeux la réveillèrent. Je lui donnai à
manger, et vite, vite, je la conduisis vers la porte. —
Merci, monsieur! me dit-elle au seuil ; mais elle eut en
disant ces mots, un tel demi-sourire, un espèce de cli-
gnement moqueur de paupière, une allure si bizarre
que je fus étourdi de me trouver seul ; alors, machinalement, je lus le livre laissé ouvert la veille ; la première maxime était : « Le cœur a des raisons que la
raison ne connaît pas. » — Alors mes folies passées,
mon existence ballottée, mes amours déjà vieilles, mes
souvenirs et mes désillusions envolés me revinrent à la
mémoire ; je m'affalai sur ma chaise et je pleurai...

Pascal fut chaud cette fois.

1890.

IDYLLE SOUS BOIS
(Villanelle)

— T'es trop grande maintenant, Claudine, pour t'en
aller dénicher des oiseaux dans les taillis, comme une
petite bonne à rien... Depuis que le gars est soldat, le
travail ne va plus comme avant aux Grandes-Ormières,
ah ! c'est plus ça. A preuve que les deux loustics qu'on

a loués n'ont pas encore commencé à couper le regain
du Clos-aux-Trèfles ; ils attendent que les bestioles
n'en veulent plus ; je vas, ces jours, t' les secouer, ces
drôles, et toi, p'tiote, faudra s'y mettre. Demain aux
oies, puis les raves, et tout ça à décaver pour le mar-
ché, et puis ce cabri! qu'est qu'on veut voir pour le ven-
dre, il mange plus que sa mère, alors quoi ?... Et Claudine avait promis à la mère-grand de ne plus courir à
fainéanter dans les bois, et elle s'en était allée triste et
rêveuse à travers les petits sentiers bordés de fraisiers
aux blanches étoiles et de groseilliers aux grappes de
perles écarlates.

Claudine avait eu dix-sept ans aux fenaisons ; belle
et précoce comme une fleur de mars, elle avait résisté
longtemps à Jean, le fils du bouvier, un beau gars celui-là, lorsque perché sur sa jument grise, il ramenait le
bétail de tout le hameau. Et Claudine, fraîche et rose
comme une matinée de mai, ne cherchait plus les nids,
mais elle rêvait, entr'ouvrant dans un tendre mystère
la pulpe de ces lèvres aux passées du vent printanier.
Merles et moineaux faisaient leurs petites orgies dans
les prunelliers de la route et les cyprès du vieux cimetière, tandis que deux à deux et de fleur en fleur les papillons tournaient leur délirante valse.

Or, Jean revenait de mettre ses génisses au vert, et,
jarnigué ! il avait fait un long détour, parce qu'il savait,
le fripon, que Claudine, fraîche et rose comme une matinée de mai, ne cherchait plus les nids, mais rêvait
sous les saulaies en entr'ouvrant, printanière, sa bouche
aux baisers du vent printanier. Quand il la vit au détour

de l'alignée d'osiers qui mène au bois en tournant
l'étang, Jean sauta lestement de sa *Grise,* et, doucement, en tapinois, se dissimulant tant bien que mal
sous l'oseraie, il arriva jusqu'à deux pas d'elle : — Hou,
hou, hou ! Il surgit comme une apparition. — Ah !
c'est-i bête ! j'ons eu tant peur ! — Mais lui la rassurant
lui prit la main et lui dit des choses qui la firent rougir
comme une églantine des buissons, et pourtant c'était
tendre à l'oreille comme une musique d'ange...

Le vent, doux comme une caresse, soufflait ses capiteux effluves, pareil à une haleine parfumée qui frôle...

Ils firent quelques pas, lui passionné et tentateur, elle
émue et frissonnante. Là bas, dans le fouillis, des ver-
dures d'arbrisseaux et d'ajoncs, les génisses s'étaient
étendues sur le trèfle en mâchonnant ; plus loin, sur le
bord du chemin, le panier de Claudine gisait renversé, à
moitié plein de cerises et de grappes de groseilles, pa-
reilles à des perles d'écarlate. Ils entrèrent dans le bois.
Là encore, dans le feuillage argenté des peupliers, sous
la pâle ramure des troènes, merles et moineaux faisaient leurs orgies et leurs becquetées, tandis que çà et
là, sur les fleurettes de la lisière, les papillons tournaient
toujours leur délirante valse.

Et toujours, sur les lèvres de Jean, cette même musique divine que la nature, ô si bonne, répétait en susurrant sous chaque touffe d'herbe. Le cœur de la fillette
battait à faire craquer la serge bleue du corset. On s'assit par là, sur les jonchées d'émondages, et les mains
se rencontrèrent, et les lèvres s'effleurèrent, les souffles

chauds se croisèrent, puis, lentement, dans une caresse brûlante, elle glissa sans essayer de se relever...

...Le vent soufflait ses capiteux effluves, pareil à une haleine parfumée. On se jura fidélité en becquetant des mûres noires et des mirabelles luisantes : — Pour toujours, pas vrai ? — Ben sûr, pour toujours...

Puis il retourna aux génisses, elle, plus lente, aux cerises. Mais elle était pâle, défaite et presque trébuchante, lorsqu'elle repassa par les sentiers où les fraisiers ont de blanches étoiles et les groseilliers des grappes de perles écarlates.

Dans le clos, sous le vieux cerisier, la mère-grand tondait le plus jeune des chiens de garde, jaune, hérissé, impatienté, récalcitrant et geignant sous le ciseau.

— Hé ! p'tiote, t'es tout drôle avec des feuilles dans les cheveux, la cotte déchirée, encore courir et détruire des nids, pas ? Et rougissante sous la question, inquiète, regardant sans le voir le chien jaune qui, délivré, s'éloignait en sautant de joie, elle répondit, ne sachant pas au juste ce qu'elle disait : — Détruire un nid ? oh ! non... non... au contraire. Pour ça j' suis défaite, déchirée, mais... rien... je vais rentrer les oies...

Le soleil pourpré glissait derrière les collines en grisaille, et tout là-bas, dans la ramure des bouquets de peupliers émergeant sur l'horizon, le merle jetait au vent du soir la dernière note de sa chanson d'amour.

Marseille, 1890.

LA FÉE DU BOIS DE LA CAMBRE

(Fragment A)

Le beffroi s'était tu dans sa tour brabançonne... Une statue de pierre lentement sortit de sa niche..., épousseta sa robe aux rayons de la lune, ce qui forma le beau nuage d'argent qui devait l'emporter..., puis vêtue aussi de l'azur que le pâle soir lui jeta sur les épaules, la princesse se dirigea vers son rendez-vous. Un doux rendez-vous de princesse avec un beau prince très lointain celui-là, venu du fond de l'Orient doré pour retrouver la dame de ses pensées sous les voûtes sacrées que forment les grands hêtres du bois de la Cambre :

« J'avais rêvé pour vous l'azur, les aubes blanches,
Le voile fleuré d'or des reines de l'antan,
Le parc au lierre noir et les antiques branches
Des vieux chênes cuivrés qui dorment en chantant.

L'escalier de porphyre et les vitraux charmeurs,
Les lévriers câlins et le grand lit d'ébène ;
Et sur le lac pensif et vierge de rameurs,
Les pâles nénuphars aux regards de sirène. »

. . . .

« Voici le bois charmant où les languides fées
A l'heure où les grillons s'endorment dans les champs,
Viennent tout en rêvant, pencher sur les étangs,
Leurs têtes, de pervenche et de lierre coiffées.

2

Comme le bourgeon vert qui va devenir fleur,
Madame, vous venez ainsi qu'un renouveau
Ouvrir votre jeunesse au mystère nouveau,
Au soleil de demain refleurir votre cœur.

Et vous êtes ici si fraîche et si jolie
Que moi, prince sans nom et seigneur sans pouvoir,
J'ai franchi l'univers en un jour pour vous voir
Et trouver dans vos yeux l'éternelle folie.

Aimez-moi, j'ai rêvé de vous dans mes nuits sombres,
Et j'ai frappé mon cœur pour vous faire sortir....
Aujourd'hui, las de vivre et las de trop souffrir,
Je viens en pèlerin vous aimer sous ces ombres.

Votre bouche est pareille aux fleurs des églantines,
Comme un gai papillon voltige le baiser,
Par pitié pour l'amour, laissez-le se poser
S'il a trouvé sa fleur au milieu des épines.

Ainsi parla le prince et la mystique dame,
Ecouta de l'amour le suppliant appel,
Elle sourit, tandis que dans le fond du ciel
Une étoile filait en emportant une âme ! „

Bruxelles, 1894.

LE CHATEAU DE ROSERANGES

LÉGENDE

Bien noir et bien triste est le manoir qui couronne de ses ruines enfumées la crête de Dargeries dans le Gévaudan. Mais ses murs et ses crénaux effrités sont si noirs que l'âme en est saisie, car il n'est feu qui puisse rendre des pierres si sombres. Il y a quelque cinq ou six siècles, ce castel était le domaine de la plus jolie châtelaine de la contrée. — Alice était d'une pâleur d'aurore et ses cheveux étaient d'un or si fin que les rayons de soleil semblaient y avoir laissé leur coulée de diamants. C'eut été folie pour la plus petite des fauvettes que de chercher à trouver place d'un nid dans le mignon soulier de brocart de la comtesse de Roseranges. Le corps était, lui, un long poème d'exquises révélations... Certes, fier fut le beau comte Gauthier de Roseranges d'avoir donné à une pareille fée son anneau d'améthyste. Ils vivaient heureux tous les deux entre le ciel ensoleillé du Midi et le pied verdoyant de la montagne. Mais il ne sut résister aux appels guerriers des hérauts d'armes sonnant à la Croisade dans la vallée. — Adieu, ô ma gente dame, reste fidèle et la cotte du plus riche vermeil que je trouverai sur l'épaule du Sarrazin sera ta parure pour fêter mon retour. Adieu... et la pauvre Alice n'entendit plus que les sabots du destrier gris et le son décroissant des trompes de plus en plus faible, et mourant à la dernière rampe du dernier vallon.

— Finies les promenades en haquenée à crinière soyeuse ! finies les gaies devises d'amour sous les frondaisons bruissantes des chênes de Landrac ! adieu les festoyeries et les chasses en venelle ! adieu les brillants cortèges de seigneurs et de dames et les troupes sémillantes de pages et de varlets, faucon au poing ! adieu les hanaps d'or où le vin des Corbières semble un sourire du soleil !

Gauthier, voilà deux ans que tu n'est revenu. Deux ans que la mystique fleur du vallon de Roseranges n'ouvre plus sa corolle aux rayons du matin. — Ogier, le troubadour rose et noir de la Margeride est venu bien souvent chanter sous les machicoulis de ton donjon, quémandant un morceau de pain et un regard d'amour. Longtemps, oh bien longtemps il n'eut que le pain, mais un jour il eut l'amour.

Le son des trompes du retour fut si patiemment attendu, que le bel Ogier et sa cithare ont mis deux ans pour franchir la charnière si petite pourtant du pont-levis... Mais la charnière est franchie... Ils s'aimèrent. Oh ! combien douces pour elle, ces rêveries délicieuses, ces sensations toujours nouvelles d'entendre la voix de l'aimé, de sentir son amour vous affluer au cœur depuis le prélude du chant jusqu'à la dernière vibration des cordes. Combien douces pour ces longues heures des soirs d'hiver, lorsque couché au pied de sa maîtresse, mollement étendue dans le fauteuil de vieux chêne à roses sculptées, il faisait frémir sa guitare en susurrant quelqu'un de ses doux virelais, tandis que la flamme

du foyer mettait de longs fantômes rouges aux boiseries
de la grande salle, tandis qu'au dehors hurlait la bise,
ou grésillait la pluie sur les vitraux de l'ogive. A chaque
couplet, l'adorée, comme un nénuphar, penchait sa
tête blonde et ils mêlaient leurs âmes dans le baiser, le
vieux et l'éternellement jeune baiser. Et les couplets
étaient si nombreux que les lèvres en étaient meurtries.
Oh ! que Dieu ne les eut-il pardonnés, eux, jeunes et
beaux, faits pour aimer .

Mais Balam, la sorcière du val d'Arajour, la noire fée
des jaloux a quitté la montagne, elle a passé les mers
pour chercher Gauthier et maintenant elle revient per-
chée sur le heaume d'or du chevalier. Ils arrivent vite,
vite, avec les noirs nuages. — Tiens, dit la méchante
fée, vois-tu, ce couple ardent près de ton foyer, ô Gauthier ! — Un seul cri retentit : Mort de ma vie ! brûle
château maudit, brûle de par le Dieu dont je porte la
croix sur le haubert…! Et le feu du ciel tomba.

Tous les cent ans il arrive une nuit, ce que les paysans
du fond de la vallée appellent le *Sanglot de la dame,* en
se serrant près de l'âtre de leurs chaumières, à l'heure
où les génies de la montagne pleurent leur lugubre
chanson, le château s'illumine soudain d'une lueur
livide, un gémissement passe dans la montagne et vient
mourir sous les touffes d'ajoncs de la route. Puis tout
se tait, c'est Alice qui appelle son Ogier. L'année où a
lieu l'apparition, comme si Dieu eut voulu que le dernier
regard des yeux de la belle dame aux cheveux de soleil
eut encore un trésor d'amour indélébile, cette année,

Dieu fait le vin plus chaud dans la cuve, la farine plus blanche sous la meule, l'olive plus pleine, et il pardonne à la jolie languedocienne que cette lueur centenaire vient surprendre en devis d'amour sous l'épaisse coudrette des coteaux.

Paris 1892.

LES CHARMES

Chanson d'Automne.

1

Les feuilles des charmes s'en vont.
Ninette, les forêts en ont
    Des larmes.
Ils entendirent nos baisers,
Ils s'en vont maintenant brisés,
    Les charmes !

II

Ils nous prêtèrent tout le temps
Que dura l'aimable printemps
    Leur voûte
Quand leur feuille repoussera
De moi ton cœur bien loin sera...
    Sans doute.

III

Comme font tous les amoureux
Tu gravas mon nom sur l'un d'eux
    Follette !
Le cœur du bois le gardera,
Ton cœur à toi l'oubliera
    Ninette !

IV

Enfin tu voulus déposer
Sur cette marque un doux baiser
    De fièvre.
Quand les charmes reverdiront,
Seules leurs fleurettes diront
    Ta lèvre.

V

Mais je suis maître du moment
Je te reveux entièrement
    Je t'aime !
Si la coupe doit se briser
Raison de plus pour s'y griser
    Quand même !

Fribourg-Suisse 1895.

PAS ENCORE !

Quand nous brisâmes nos amours
Tu me juras que pour toujours
    Ton être,
Oublierait tous mes baisers ;
Au fond du cœur je me disais :
    Peut-être !

Puis lorsque tout fut au linceul,
Il ne resta qu'un rêve, un seul,
    Le nôtre !
Mes maîtresses et tes amants
Auraient pu nous dire : tu mens,
    C'est l'autre !

On effeuille par tous les vents
La fleur de ses amours fervents
    Qui lasse.
Las de rire, on veut someiller
Et l'on trouve sur l'oreiller
    Sa trace.

Mais que nous importe après tout
Tu me reviens ; à tes genoux
    Tout cesse.
La fleur de nos désirs défunts
Va nous rendre tous ses parfums
    D'ivresse.

                Fribourg-Suisse 1895.

 CHANSON HONGROISE

A Max Meisels.

Entendez-vous gémir l'ondine...
Le lac de Boglar, le lac bleu
Strié de longs rayons de feu,
A des reflets de lame fine...

Par la route où l'astre d'opale
Fait à la rive un long ruban.
Le roi magyar, le roi Kesy-Bahn
Attend la mendiante pâle.

— Fille, veux-tu de ma couronne
Le plus chatoyant des rubis ?
— Non, je préfère mon pain bis,
C'est la charité qui le donne.

— Veux-tu de mon palais diaphane
Les lits de roses et de lis ?
— Non, je dors bien sur mon maïs,
Et je préfère ma cabane.

— Veux-tu le cercle d'amiante
Que le grand Korasagi fit ?
— Non, car un chapelet suffit
Au bras froid d'une mendiante.

— O c'en est trop, ma toute belle,
De par Jean Huss, c'est bien assez !
Holà, mes heiduks, saisissez
Cette colombe si rebelle !

— Le lac et ses sourires roses
Me semble un chevalier si beau,
Que je le prends pour mon tombeau.
Viens m'y poursuivre, si tu l'oses !

Dans les reflets de lame fine
Qui se rient des rayons de feu,
Sur le grand lac. le grand lac bleu.
Entendez-vous gémir l'ondine ?

Vevey, 1893.

PORTRAITS DE FEMMES

FLEUR D'ESCALADE

Claude nous raconta : « Nous l'avions baptisée *Fleur d'Escalade ;* cela n'allait pas mal avec ses yeux gris-bleu de gamine, ses cheveux foncés et épais, sa taille courte de, bonne petite viveuse donnant une feuille de son cœur d'artichaut au premier entreprenant qui devinait sur sa bouche épaisse et lippue, les désirs des passions jamais assouvies.

Bonne fille, elle allait dans Genève, travaillant dur la semaine sur sa machine louée, à piquer des tabliers d'enfants, confectionnés au rabais (je parle des tabliers), faisant le dimanche et le samedi soir la grande noce qui consiste à user le parquet du Kursaal en valses échevelées ou à contribuer à l'animation problématique de quelques *bals de société* où la gourme de province fait un contraste cocasse, entre les retenues arriérées et moisies des vieilles momeries et le débordement d'égout des basses couches. Alors c'étaient des nuits épouvantables, là-bas dans le petit hôtel retiré et discret où les élus étaient appelés aux intimes donations. Si bien que le lendemain, lorsque, non par hypocrisie, mais par dévotion vraie de bonne petite Genevoise qui sait que Dieu est là-haut qui la regarde, lorsqu'elle arrivait au Temple où gauchement elle prenait place sur une banquette effondrée, les chastes ouailles la regardaient du coin de l'œil avec des sourires méchants et des plissements de lèvres faussement dégoûtées. Mais sûrement Dieu devait écouter sa petite prière, comme un bon papa qui pardonne à l'enfant repentant, qui, à l'heure défendue, a dévalisé la bonbonnière du salon vert ou brisé quelque glace un jour de folie.

Son nom... mon Dieu, quelque bon nom de province, bien modeste, bien bourgeois. Marie, Rose ou Charlotte — un de mes amis, romancier du pays, grand garçon viveur et assez fin de siècle, l'avait, un jour de

partie, baptisée « Mignon » on a jamais su pourquoi,
mais chaque connaissance, chaque ami ne donne-t-il
pas à ces pauvres aimées d'un jour quelque appellation
sentimentale ou baroque, comme un enfant appelle
d'un nom spécial le jouet qu'il dorlotte pour le casser
ensuite.

Fleur d'Escalade avait eu aussi son roman. Mariée
très jeune avec un juif du nord, elle s'était divorcée,
puis la pauvre tourterelle, elle avait roulé de l'un à
l'autre, cherchant celui qui *sans monture* lui ferait les
plus belles promesses et lui ferait déguster les meil-
leures *fondues*. Un étudiant l'avait gardée dix mois sous
le même toit, tout là-haut dans la rue de la Cité, dans
une mansarde aux portes chironnées, aux vitres mal
ajustées, grinçantes sous leurs bandes de papier gommé.
Ils s'étaient aimés, beaucoup, jusques aux coups de
taloches, même. Oh ! les doux souvenirs que de se rap-
peler ces délicieuses heures, tandis que la neige tombait
silencieuse et molle et que sous la grille rouillée du
fourneau grésillaient les marrons du dessert. Un beau
jour, ils s'étaient quittés : elle avait versé de grosses
larmes, puis un vieil ami de la Corraterie ou du Seujet
l'avait consolée et ses douleurs, revenaient de plus en
plus lointaines, comme le cri mourant de quelque pauvre bête qu'on noie.

Ainsi elle passait sa vie, non pas de cette existence
infecte et rapace des malheureuses qu'un incompré-
hensible destin fait aller, gémissantes et fripées, chercher quelque pièce de cent sous dans les crevasses des

trottoirs, non, elle allait, la pauvre, piquant bravement ses doigts dans la semaine et mangeant les trois quarts de son revenu en entrées de bals quelconques et en chopes goulûment avalées entre deux danses.

Quelquefois, vers midi, elle allait seule se promener sur l'incomparable rivage où le beau lac Léman vient briser ses lames blanchissantes ; dans ce magnifique paysage qui entoure Genève, elle rêvait, triste, à quelques bonheurs passés, puis, d'un seul coup, l'espièglerie reprenait le dessus de tout et c'était fini, de trois mois, elle ne pensait plus à rien.

Le jour de l'année où le débordement était à son comble, comme un verre qu'on remplit jusq'au bord, c'était le jour de l'Escalade. Ce jour mémorable, anniversaire du 12 décembre 1602, où le duc Charles-Emmanuel de Savoie marchant sur Genève ne réussit qu'à faire coiffer un de ses archers d'une marmite, où toute la ville, échevins et échevines se souleva pour son indépendance. Ce jour-là, la Cité se met en fête : c'est un véritable carnaval où les mousquetaires à pourpoint de velours et les méphistos à soie de feu croisent le pauvre masque grotesque, folie ou pierrot, qui rit sous son habit percé au coude et ne sent pas la bise parce que ce jour-là le *noureau* lui coûte moins cher. C'est une gaîté bonne et franche, très grotesque, très bouffonne, sentant à plein nez Tartarin, mais aussi un bon gros rire saccadé de vieux garçon qui se déboutonne au souvenir d'une vieille plaisanterie : Oh ! cette marmite jetée par la mère Royaume sur le soldat, oh ! ce qu'il

devait *être bœuf* après ! — Et l'on rit, la farce gagne
tout le monde, on danse gaîment, franchement, sans
arrière-pensée, envoyant au diable les noirs soucis et on
a raison, ma foi !

Eh bien, ce jour-là, Fleur d'Escalade était à son ma-
ximum de tension, c'était des excentricités, des extrava-
gances de toute espèce. Elle changeait six fois de cos-
tume dans la même journée, s'en allait, lutinant tout le
monde, sous son mince loup de popeline noire, courant
d'un bal à l'autre, donnant plus de cent rendez-vous
qu'elle oubliait deux minutes après, trottant toute la
nuit et finissant par échouer, toute crottée et ruisse-
lante, dans quelque bal équivoque d'où elle ne sortait
qu'aux lueurs déjà très accusées du lundi matin. Un
lundi *bleu foncé* celui-là.

Pauvre Fleur d'Escalade, pauvre fleur bleue et grise
comme un de ces mufliers qui poussent au hasard sur
les pans des murs effrités, pauvres tiges que bat la pluie
et brûle le soleil, pourquoi ton souvenir revient-il sous
ma plume, car l'oubli marche si vite ? Ta tête espiêgle
et poltronne de gamin qui fait des farces avait quelquefois de bonnes envolées et le dernier mot que je mets
ici et que seule tu pourrais comprendre est de te con-
jurer d'oublier et de pardonner à ceux qui ont fait
couler des larmes de tes petits yeux gouailleurs, mais
qui savent pleurer comme les autres, n'est-ce pas ?

Genève 1893.

CHANSON DE ROUTE

Tandis qu'au loin défilent les chevaux interminables
dans leur file indienne, on songe :

Par le chemin où l'on s'enlise
Pour tuer le temps, vieux bourreau,
Bride longue et sabre au fourreau,
La crinière poudreuse et grise...
Que voulez-vous que je vous dise,
Je trouve leur refrain très beau !

. . . .

Bonjour, bonjour, mademoiselle,
Allons, venez donc sur ma selle.
Veux-tu pas, ma petit' Suzon,
Me décharger d'mon mousqueton ?
O hisse, ohé, oho !
Pique, pique, trotte
Cocotte,
Pique, pique, trotte
Coco !

Quand je deviendrai marchis de garde,
Et je ne crois pas que ça tarde,
Au corps d'gard', ma p'tite Suzon
Faudra bien que tu m'rend' raison !

O hisse, ohé, oho !
Etc.

On la fit passer pour un masque,
Gardavoux lui prêta son casque,
L'brigadier trompett' son plumet,
Chacun donna ce qu'il avait !

O hisse, ohé, oho !
Etc.

L'adjudant major de semaine
Lui prêta sa canne d'ébène,
Du premier au dernier dragon
Ell' fit la r'vue de l'escadron !

O hisse, ohé, oho !
Etc.

Sans remuer ni pieds, ni pattes,
Le marchef lui prêta sa latte.
Ce fut le dernier d'l'escadron,
Comme les autr's il plut à Suzon !

O hisse, ohé, oho !
Etc.

Que voulez-vous que je vous dise ?
Je trouve ce refrain fort beau
Par les chemins où l'on s'enlise,
La crinière poudreuse et grise,
Bride longue et sabre au fourreau !

1890.

Fantaisie sur la Légende valaque de Braga

A O. Sachs.

— Demandez au génie noir pourquoi le beau pandour Noassaro quitta ses Karpathes embaumées pour l'Illyrie sablonneuse. Là aussi, Noassaro n'aima jamais et les femmes, les femmes que la Fée-Rose lui envoya, tombèrent blessées d'amour comme un vol de palombes expirantes ; mais Kosiaka aux cheveux blonds a. vengé ses sœurs.... Un jour sur les bords de l'Adriatique, Kosiaka l'a entraîné dans les flots verts et lui a mangé le cœur.

. . . .

Oh! de très loin sur l'onde nous arrivent par bouffées des chants joyeux de matelots. Mais, chaudes ainsi que des gouttes de sang, perlent mes larmes.... Ecoute, écoute, voici que l'âme du vent pleure dans les sycomores. Est-ce mon cœur ou la brise marine qui gémit ainsi sur la grève?

Et toujours revenait en coulées mélancoliques des violons, le motif tendre et rêveur. Certes, ce n'était pas nouveau la *Légende valaque de Braga en sol ;* que de musiques ambulantes, accordéons d'enfants rachitiques ou orgues de tourneurs bancroches en avaient empli les rues et les places depuis des années ! Mais en ce milieu où les subtils effluves de withe-rose et de ylang-ylang se mariaient aux émanations des fleurs exotiques, papayers, stellarias, nénuphars de Taïti et à l'odeur troublante de chairs de femmes sous les moiteurs des fines essences, sous la lumière scintillante des torchères d'or, dans cet alanguissement qui suit les expansions premières, lorsque le flirt et la rêverie même font place aux suggestions passionnées, ce rythme d'une tendresse infinie avait la note d'une larme de maîtresse adorée, le rayon mystérieux d'une traînée de météore dans un ciel de laves.... *Ecoute, écoute, l'âme du vent !*

Et tandis que les harpes laissaient soupirer leurs vibrations mystiques, tandis que les flûtes égrenaient le cristal de leurs notes comme une cascade de diamants, tandis que les phrases de la divine musique passaient dans l'air, ainsi qu'un murmure lointain de guzlas énamourées, il songeait, lui, le nouveau Noassaro perdu dans la fumée bleu acier d'un cigare, étendu en un coin sur une pile de coussins d'Utrecht, halluciné dans une béate pamoison, il songeait aux maîtresses oubliées aux visions passées à fond de train. Le rythme de cette légende jouée paresseusement par l'orchestre le noyait en des rêves berceurs. Pourquoi y pensait-il pour la première fois depuis dix ans, à cette jeune fille pâle comme un crépuscule d'octobre ?... Il l'avait prise là-bas, très loin, sous les taillis frissonnants d'une terre enchantée, au milieu des reprises et des roulades cristallines des fauvettes et ce soir, tandis qu'ils s'en revenaient silencieux par la route à peine blanche sous la nuit, ils avaient entendu cette même *légende de Braga* pleurnichée naïvement, sans art, mais à chaudes larmes, comme un sanglot d'enfantelet, sur la vielle d'un

pâtre. Et cette aimée, il l'avait quittée, elle était morte
et vers la côte, le vent amer avait emporté sa plainte
amoureuse avec son dernier râle.... *Ecoute, écoute, la
brise sur la grève, la brise dans les sycomores, est-ce
mon âme qui gémit ainsi ?* Et les instruments pleuraient en une harmonie d'amour, mêlée de plaintes,
sous la risée narguante et cascadeuse des tambours de
basque.

Mais bah ! rêve banal, histoire banale, roman d'épi-
cier qui fait sourire et puis bâiller, roman d'enfant,
douleur niaise à jeter au rancart, page de la première
vie, page poncive et dont le style démodé ressemble à
la mélopée grinçante et fausse de ce vieux pâtre d'Illyrie !

Maintenant c'était elle, la beauté trouvée enfin après
tant de recherches, un poème exquis de chair rose, elle,
la comtesse Aziola, la blonde aux reflets de béryl, celle
qui s'évente là bas, près de ces magnolias, piquant la
note blanche de sa silhouette dans le tas des habits
noirs. Encore une histoire tristement banale : elle lui
avait fait courir le monde, le ruinait, le trompait à
bouche-que-veux-tu avec ses amis, avec des étrangers,
des valets même!... Mais toutes ces blessures s'endor-
maient dans l'atmosphère narcotique de l'existence
luxueuse et molle. Les tables de jeux, les *neuf* joyeu-
sement abattus, les liasses de billets bleus mêlant leur
lourde teinte au brillant des louis jetés en cascades
éblouissantes, les discrets boudoirs aux mystérieuses
lueurs, les baisers chauds sur cette nuque aux mèches

rebelles, l'or, les bijoux, les pur-sangs, la senteur aigre-
douce du champagne bouillonnant à plein goulot, le
gouffre enfin, le gouffre sans fond et suave où cette
femme l'entraînait, cette vie rose et or qui l'emportait
dans une envolée rageusement, à toute vapeur, c'était
son ivresse et il s'en grisait à pleines lèvres, dusse le
flacon les lui déchirer en se brisant !

Et là-bas sur l'orchestre, cordes et anches réson-
naient dans une mélodie forte et douce à la fois, comme
un réveil de jeunesse en son énivrante sève, chantant
leur hymne, gonflant leurs sonorités comme un navire
qui vogue à pleines voiles. *Oh ! de très loin, sur l'onde
nous arrivent par bouffées des chants de matelots....
Mais écoute, écoute, voici l'âme du vent dans les sycomores !*

Oui, la source magique tarissait, il le sentait. Mais
elle était si belle, que si sceptique fut-il, il en était arrivé
à l'adoration humble et soumise du chien à la laisse.
Ah ! ses amis du cercle pouvaient le trouver jobard, il
ne voyaient qu'elle, ses cheveux d'auréole, ses yeux
noyés de délices, son corps souple de tigresse en rut.
De sa place il l'apercevait, s'abandonnant à la caresse
parfumée de son éventail devant un bellâtre en habit
rouge, encore un autre peut-être ! Mon cœur saigne, je
pleure, oui je le sens là-bas au fond de mon âme, *les
larmes perlent comme des gouttes de sang et coulent
amères et brûlantes....* Maintenant le motif de la légende
agonisait dans le sanglot divin des violoncelles, encore
dans le râle de la mort et l'archet frémissant expirait

sur la dernière vibration des cordes, pareil à un amant mourant dans son dernier baiser…. *Ecoute, est-ce mon âme ou la brise de la grève qui meurt ainsi en gémissant ?*

On n'est plus assez fou pour presser une gâchette même après un mauvais coup de cartes. Il consommait sa ruine pour en finir. En sortant de cette salle, la pelisse jetée à la hâte sur ses épaules, l'adresse du tripot jetée à dents serrées au cocher gouailleur sous cape. Il allait tenter le dernier tarot, car il fallait l'avoir cette rivière, le dernier caprice que l'idole avait eu devant une vitrine de la rue de la Paix.

Il *taillait*, le visage bleui, les mains enfiévrées, crispées sur le tapis vert. Un soir, le dernier coup arriva comme une raffale, celle qui balaye tout. Son œil brûlé, éteint vit le dernier louis rougeoyer sous le rateau du croupier. C'était fini. Oh! il avait prié, supplié, évoqué le souvenir des caresses exquises, des dépravations délirantes en le fouillis de la batiste rose ou noire, ces étanchements de sa soif mortelle à cette chair parfumée. Rien. Le congé; la porte close à jamais. La mort. Et dans son écrasement sans espoir, il échoua, hébété, dans un bouge. Une mendiante, pour quelques sous chantant sur une guitare fêlée, la *légende de Braga*. Encore ! *Ecoute, écoute pleurer les sycomores et mon âme gémir sur la grève !…*

L'évocation du passé revint d'un coup devant ses yeux, l'inondant d'une poussée brusque, l'aveuglant comme une apparition. Il revit l'aimée d'antan expirant

du premier baiser sur la plage lointaine et comme le
garçon s'éloignait pour aller chercher l'absinthe de-
mandée, pour la première fois de sa vie, le nouveau
Noassaro pleura.

. . . .

Un jour, loin, bien loin de ses Karpathes embaumées,
un jour sur les bords de l'Adriatique, Kosiaka lui man-
gea le cœur.... Adieu Roumanie, adieu Kordi, mon
agreste berceau où chantent doucement les pins tran
sylvaniques !

1894 Bordighera.

MANIÈRE D'APPRIVOISER SA PROPRIÉTAIRE

A Hyspa, du *Chat Noir*.

Aimables gens qui me lisez, je vois courir sur votre
visage à l'annonce du titre extraordinaire de cette chro-
nique, le plus triste sourire d'incrédulité. En arriver là,
dites-vous, c'est trouver la pierre philosophale. Eh bien,
non, amis lecteurs, le moyen d'être bien avec sa propriétaire et même de se faire réintégrer dans *ses* meu-
bles, est trouvé, j'ajouterai même, depuis longtemps.
Moi-même j'avais comme vous épuisé sur ce point tout
un volume de recherches, et je m'étais résigné à rouler
toute ma vie de Clignancourt à Vaugirard, des Gobelins
à la rue Pergolèse, c'est-à-dire, comme vous voyez, aux

quatre coins de Paris bien qu'il soit ovale, lorsqu'un
ami complaisant, on en trouve parfois, me donna l'inestimable recette pour vivre en paix avec régisseurs, pro-
priétaires, et chose étonnante, avec sa concierge. — Je
m'attendais à d'énormes débours, à des ruissellements
de pièces de cent sous, à un Pactole d'étrennes et de
bonnes mains — rien de tout cela. L'ami complaisant
dont je tairai le nom de peur que *l'Écho* n'en arrive jusqu'à lui, me tint le discours suivant :

« Lors de ma dernière année de médecine, je logeai
dans une petite maison d'un numéro pair de la rue B.
Z. L'appartement, absolument indépendant comme
l'Éclair, était propre, mais une soupente de dépen-
dances était devenue le *buen retiro* de plusieurs dou-
zaines de rats qui, chaque nuit, convertissaient la maison en un petit Valpurgis. A toutes les réclamations des
locataires, le *pipelet* implacable, répondait par l'éternel : allez, allez, allez ! ! ! Et l'honnête bourgeois filait
sans crier gare. Après mille tentatives et fatigué de
changer de garni toutes les quinzaines, je résolus d'in-
fliger à cette turbulente armée de rongeurs une véritable défaite de Cannes. J'en cherchai le moyen, lorsque
mon Annibal se présenta à moi sous la forme d'un
marchand de mort-aux-rats, promenant au bout d'une
perche ses dépouilles opimes. Quelques livres de phos-
phore firent l'affaire ; en huit jours la maison était
calme. Mais voyez l'ingratitude humaine, précisément
quand j'eus purgé la maison de son imtempestive mé-
nagerie, la propriétaire, femme sans entrailles malgré

sa carrure, eut l'outrecuidance de m'offrir mon congé si je ne lui payais deux termes d'avance. Je résistai fièrement à un pareil abaissement de dignité et j'annonçai mon départ pour le mardi suivant. Inutile d'ajouter que la mégère me fit la légendaire recommandation de laisser le logis dans l'état où je l'avais trouvé. Vous devinez le reste, n'est-ce pas ? Ayant de fortes accointances avec la presse, ce levier des masses, je fis publier dans quinze journaux de la ville, la note dont la teneur suit :

« M. X., locataire chez M. K., rue B. Z., 8, au quatrième, auquel son propriétaire vient de donner congé, est obligé par son contrat de remettre la maison dans l'état où il l'a trouvée. En conséquence, il a besoin de cinq cents rats qu'il payera un bon prix.

» N. B. — On exige des rats sains, grands et adultes, deux cent cinquante mâles et autant de femelles. »

» Vous pensez qu'avec une réclame pareille la terrible *proprio* se hâta *d'arrêter les frais* et de passer sous mes Fourches-Caudines.

» Je suis resté quinze mois chez elle : chaque matin j'avais un verre de gentiane qu'elle m'offrait avec son plus gracieux sourire. »

Je serrai la main de l'ami complaisant, me promettant de vous communiquer sa recette au cas où vous auriez des rats comme locataires et, ce qui est pis encore, un propriétaire *rat*.

1896.

IIe PARTIE

FRISSON D'AUTOMNE

L'automne avait jauni les rustiques allées,
Les vieux ormes chenus perdaient leurs ors éteints,
La cloche des troupeaux dans les gazons déteints,
Avait des tons plaintifs d'âmes incosolées.

Un départ frémissant d'oiselles envolées
S'épandit dans le ciel, et les roses lointains
Pâlirent comme toi de reflets incertains
Sous le magique vent des bruits d'ailes frôlées...

Tu te mis à trembler en un étrange émoi ;
Et ta bouche adorée en se tendant vers moi,
Fit passer dans mon sang une si chaude fièvre,

Que je ne sus jamais qui venait m'embraser,
De l'adieu du soleil mourant dans son baiser,
Ou du frisson de feu qui courut sur ta lèvre.

Aïre, 1893.

CHANSON DU RHIN

Ich weiss nicht was soll es bedeuten
Dach ich so traurig bin.
                                    HEINE.

Sur ses rives grises de mort.
Le Rhin chante, le Rhin dort !

De Schaffhouse aux remous laveurs
A Dordrecht la ville aux hâleurs,
Le long ruban gris se déroule
Et dans sa lame qui découle
Les vieux castels dorment rêveurs.

Sur ses rives grises de mort,
Le Rhin chante, le Rhin dort !

Devers les rochers désolés,
Les derniers spectres envolés
Agonisent en cris de râle,
Et l'écume de la rafale
N'a plus de débris déferlés.

Sur ses rives grises de mort,
Le Rhin chante, le Rhin dort !
Parfois de ses bords embrumés,
Par les noirs hivers enfumés
Un vieux refrain de clairon passe,

Son écho court jusqu'en Alsace
Et se perd aux houblons fermés.

Sur ses rives grises de mort,
Le Rhin chante, le Rhin dort !

Condé, Turenne ou bien Vauban,
Font-ils battre leur sombre ban ?
Kléber, est-ce ton cri de guerre
Qu'on entend s'élever de terre?
Serait-ce vous, Hoche, Marceau,
Qui reprenez l'arme au faisceau ?

Sur ses rives grises de mort,
Le Rhin chante. le Rhin dort !

Ombre du géant de Iéna
Devant qui tout se prosterna,
Viens-tu réveiller tes cohortes
Et dans les touffes d'herbes mortes
Chercher l'enfant de Masséna ?

Sur ses rives grises de mort,
Le Rhin chante, le Rhin dort !

Non, ce n'est pas même la voix
Des antiques et chenus rois
Chantonnant un vieux lied magique.
Ce n'est que le cri homélique
D'un lugubre et sombre hibou
Qui crève de faim dans un trou.

Sur ses rives grises de mort,
Le Rhin chante, le Rhin dort !

Mayence 1894, février.

L'ÉTUDIANT BOHÊME
(Triolets désordonnés)

à Robert Fazy

Oui, faites donc du droit romain,
Du pénal, de la procédure
Sans avoir pour manger demain
Oui, faites donc du droit romain!
Quand on sent le vide en sa main
Et qu'on grelotte sans pelure
Oui, faites donc du droit romain,
Du pénal, de la procédure !

Si l'argent n'était pas si vil
Et le pipelet si chenille,
On piocherait son droit civil,
Créanciers ou droit de famille ;
On saurait le dogme subtil
Que la controverse cheville,
Si l'argent n'était pas si vil
Et le pipelet si chenille

Il possède un fort capital,
Ce gros veinard d'agent de change !
Et si les affaires vont mal
Ne croyez pas que ça le change !
Piocher son droit commercial
Ne fait pas oublier qu'on mange
Il possède un fort capital
Ce gros veinard d'agent de change !

Hélas, parler du carabin,
Des lettres, des arts, de la science,
Peut servir de mot de la fin:
Ils mordent leur dèche en silence,
Nos pauvres amis carabins,
Quand nous fîmes tous ces turbins,
Nous n'en eûmes pas plus d'aisance
Hélas, parler du carabin !
Des lettres, des arts, de la science !

Visionnaire dépenaillé,
Etudiant, chère Bohême,
Par l'étudiant nul houspillé,
Visionnaire dépenaillé!
On aimera ta face blême
Visionnaire dépenaillé
Etudiant, chère Bohême.

1893.

A VIBERT, sculpteur.

LA CHANSON DES DOULEURS

Dolor sed color
Color sed amor.

Par le morne champ de blé noir
Quand blafarde, l'âme du soir
Sème ses larme- argentées,
Le sanglot alangui du vent

Chevauche et vient mourir souvent
Par les herbes folles hantées.

Par la chevelure des monts
Par les nénuphars des amonts
Dans les harpes des forêts sombres,
On entend encor la douleur
Jeter son rythme de malheur
Du fond de l'Océan des ombres.

Du fond de leur ventre râlant,
Les loups hurlent en s'appelant,
Tenaillés par le vide atroce
Et leur voix lointaine en remous
Semble une musique de fous
A la note grinçante et fausse.

La crête docile des flots
Se lève en crises de sanglots
En fièvre nerveuse et forte
Et la lame qui vient mourir
A des pitiés de souvenir
Et des crispements de main morte.

Ainsi par le cruel chemin
Le gueux las de tendre la main
Dépenaillé, mourant, s'affale ;
Mais le cri de son désespoir,
Rauque dans un blasphème noir
Dit le clairon de la rafale.

II

Amertume, douleur, coupe sans cesse pleine
Où l'on pourrait compter les larmes de son cœur
Reviens, reviens encor abreuver ma rancœur.
Je veux en égouttant tout le fiel de ma peine,
M'en griser jusqu'au bout comme d'une liqueur
Amertume, douleur, coupe sans cesse pleine.

Douleurs de vision voilée,
Douleurs de chimère envolée,
Douleurs de mère échevelée,
Douleurs d'amante désolée,
Vous avez de sublimes tons,
Car vous faites la feuille morte
Et sous le souffle qui l'emporte,
Votre poètique cohorte
Leur pleure une chanson si forte
Que nous aussi nous sanglotons.

III

Douleurs d'illusions passées
Qu'un baiser mortel a glacées,
Qui par un fer rouge tracées
Ne serez jamais effacées,
Je suis fou de votre beauté,
Quoi qu'on en dise, je vous aime;
Si vous aimer est un blasphème,
Douleurs, je vous aime quand même,
Car dans votre sourire blême
J'ai vu passer l'éternité.

1893.

LES HAILLONS D'OR

Et quand la mort viendra pour vous,
Froide et triste, votre cadavre
Sera dédaigné par les loups.

P. VERLAINE.

Li roys brillotent
Soubs la pierre.
(VIEUX VIRELAI).

Par les haillons de la chimère
Un peu d'or flotte uqelquefois,
Comme au manteau de ces vieux rois
Que décrit l'histoire éphém ère.

Il leur reste en dépit des ans
Un rayon de pâle lumière
Qui glissant à travers la pierre
Vient évoquer les doulx antans.

Comme les rois dans leurs tombeaux,
Squelettes, sans ni drap, ni soie,
Le haillonneux rêveur flamboie
Sous sa dépenaille en lambeaux.

Ah que l'on vous porte en pavois
Chers haillons, noble cotte d'armes,
Fiers hauberts, lampassés de larmes,
En de mirifiques tournois.

Car vos plis gris où les frissons
De l'art et des froides nuits pâles
Mettent des ondoyments d'opales
Ont de faméliques chansons.

Bohême, en ce vivant drapeau,
L'or des haillons, que dechiquête
La bise, jalouse et inquiète
S'incrustera dans votre peau.

Et quand la justicière Mort
Prendra votre chair méprisée,
Votre cendre en flots irisée
Sera de la poussière d'or.

1893.

LE POÈTE

A Jean Richepin.

De tous les artistes, dit quelque part Balzac, c'est le sculpteur qui souffre le plus sans mot dire, c'est l'architecte dont les cartons sont les plus raturés d'indécisions ; le lutteur par excellence est le peintre ; le musicien se console le plus vite et de tous, c'est l'homme de lettres qui reste le plus incompris. Il semble, en effet, que ce dernier, qu'il soit poète, romancier ou dramaturge, a été

3

créé et mis au monde pour une caste particulière pour
le petit nombre. Ne trouvez-vous pas ? Il va sans dire
qu'il n'est ici question que de l'artiste vrai, le *rara avis*
qui file à tire d'aile à travers les préjugés et les lieux
communs de la foule stupide. Pour les autres, les char-
latans effrontés et sots, ceux qui prennent l'Inspiration
blanche et nue, l'habillent en gommeuse avec gants et
cache-corset, et lui font courir le guilledou de la pièce
blanche, il est bien indiqué que cette catégorie est mise
à part : poètes rimant sur les plates-bandes d'autrui, romancier versant des flots d'encre à l'adresse des pipe-
lets et tuant des gens qui se portent fort bien, journa-
listes courant les faits-divers et comptant sur l'essieu
qui se casse comme sur le pain du jour, c'est peut-être
un métier très sensé, quelquefois même productif, mais
le chrysocale ne sera jamais de l'or ; lecteur, mon ami,
ton intelligence sympathique et primesautière a déjà,
j'en suis sûr, classé ces gens-là dans un confortable parc-
aux-huîtres, moins les perles, s'entend. Oui, n-i, ni, c'est
fini, n'en causons plus. A tout prendre, il vaut encore
mieux, l'artiste de scène, comédien ou chanteur qui, s'il
ne vibre pas d'inspiration personnelle et vit de celle des
autres, a du moins l'énorme mérite de passer les trois
quarts de sa vie à se faire une nature et à endurer des
souffrances intimes que monsieur Public, dit la Buse,
ne comprendra jamais.

Nous parlions, je crois, des hommes de lettres (rien
du facteur) et du poète en particulier. Celui dont la
vibration est saine et qui boit « dans son verre ».

N'avez-vous pas remarqué l'étonnement mêlé d'ahurissement que produit aux foules tarées la présentation du « doux poète ».

Premier Monsieur. — Avez-vous lu les vers de M. Trois-Etoiles ?

Première Dame. — Oui. Ce monsieur doit être très bien, il a l'air d'avoir des données bien complètes sur *l'au delà*. (Une pause pour l'effet du mot).

Deuxième Monsieur. — Oh ! je connais ça, c'est un genre qu'on se donne aujourd'hui, la rime fait avaler l'individu, comme la sauce pour le poisson.

Deuxième Dame. — Eh bien, ce garçon est jeune, mon Dieu ; je me le figure très mat, avec des grands yeux bleus, des yeux grands comme la main. Des cheveux...

Ah ! Ah ! les cheveux. Si quelqu'un venait dire que la mesure de l'artiste à l'aune de la toison est démodée, et que pour être visionnaire on n'en est pas pour cela un mérinos, que la question cheveux est un mythe, les masses se soulèveraient et on rééditerait une horrible Saint-Barthélemy.

Enfin, monsieur le poète, le barde Trois-Etoiles, arrive comme une bouteille de Martel ; c'est un grand garçon, il n'a pas des yeux bleus grands comme la main, il porte les cheveux et des habits comme un simple mortel ; son bonjour aux amis, il le prononce comme le vannier d'en face. Il vit en dedans, voilà tout, et s'abîme dans les bouffées d'une pipe préhistorique, à moins que son rédacteur en chef et quelquefois même (tout arrive) le secrétaire de rédaction n'ouvre en sa faveur une boîte de cigarettes Zulamit, (1) rose comme un chérubin.

(1) Ou autre marque. Pas de réclame.

Premier Monsieur. — Ah ! c'est monsieur, l'auteur du sonnet : *Dans les Pervenches*.

Le Poète. — Oui, monsieur.

Première Dame. — Ah ! l'idéal, jeune homme, le blanc, le pur, le carillon des vingt ans, ah ! c'est beau !

Le Poète. — Ça rapporte encore moins que le 3 pour cent, et ça ne paie que rarement le propriétaire.

Deuxième Monsieur. — Je trouve que décidément vous symbolisez trop : c'est égal, je veux quand même vous *commander* deux quatrains pour les noces d'argent de mon oncle.

Le Poète. — Comment est-il votre oncle ?

Le Monsieur. — Barbe blanche, grand.

Le Poète. — Très bien : un complet Sophocle avec cothurne, chlamyde et bandeau dans les 35 francs.

Le Monsieur (*ahuri*). — Ça vous ennuie...

Le Poète. — Faites, monsieur ; l'argent n'a pas d'odeur, même celui de l'épicerie.

Deuxième Dame. — Oh ! vous êtes donc bien terre à terre ! Avez-vous aimé, au moins, avez-vous senti glisser dans votre cœur le doux rayon des âmes sœurs ?

Le Poète. — Madame, j'ai senti des rayons en Afrique quand j'ai fait mon service à Tlemcen (Oran), quant aux âmes sœurs, je n'ai rencontré que des âmes belles-sœurs et même belles-mères. L'amour, ainsi que les chaussures d'hiver, c'est une question de peau. (*Il sort*).

Tous en chœur. — Pouah ! quel personnage ! écrire

de si belles choses et parler de la sorte. Il fume du ca-
poral, il n'a pas les cheveux longs ; avez-vous entendu,
il a dit trois fois *sacrebleu* dans la conversation ! Et
moi, dites, qui lui parlais d'âme sœur ; oh, en voilà de
l'algèbre pour cet abruti. Jeunesse, jeunesse !...

Et le poète est déjà loin sur le trottoir d'une rue quel-
conque, et regardant sans voir, il suit de nouveau sa vision blanche et consolatrice, sans s'occuper davantage
des appréciations saugrenues de pleutres imbéciles qui
n'ont jamais su lire en lui ni les pétales morts des illusions passées, ni les envolées divines, ni les inspirations
infinies de la solitude, ni le charme grisant des baisers
de la Muse le soir au chevet, de la Muse, seule maîtresse
et seule sœur, ni les tendres ressouvenances, ni la magie
des rêves berceurs, ni les larmes dont on fait des perles,
ni les gouttes de sang qui coulent du cœur chaudes et
lentes sous la dent inassouvie des amertumes et des
rancœurs.

1893 (1).

---

(1) Ces quatre derniers morceaux ont été publiés dans
un livre du même auteur : *Les sept Paroles*, 1894. Paris.
Vanier.

LE POÈTE ET SON ILLUSION

L'ILLUSION

Y'a plus d'amour, ej'te crois bien,
T'as tout bu, n'a reste plus rien !
T'a si ben rincé la bouteille
De pauv' cœur, que me v'la vieille.
Tu peux plus être mon amant,
Que vas-tu fair' de moi, maint'nant ?

LE POÈTE

Si vieille, si vieille, vraiment ?
Illusion, ouvre ta porte !
    Va faire un tour

L'ILLUSION

                    Sur le trottoir ?...

LE POÈTE

Trottoir ou pas, va, que t'importe,
Tu ramasseras quelque Espoir,
Et tu verras qu'avant ce soir
Tu te sentiras jeune et forte !
(A part) ... Adieu pour toujours, pauvre morte !

L'ILLUSION

A mon âge manquait plus qu'ça !...
Me v'là dehors, le vent m'dépouille,

J'sens l'hôpital qui me verrouille !
Mais l'carabin qui m'attrapp'ra
Pour disséquer mon cœur, s'il fouille,
J'sais, ma foi, pas ce qu'il trouv'ra !

1893.

Portraits de Femmes

DOLORÈS

Ce farceur de Claude, prenant toujours à l'assaut l'occasion de placer un mot sur les femmes, nous fit taire et commença :

« Lorsque la plupart des autres villes du globe s'endorment, Alger s'éveille, et ce soir-là elle s'éveillait plus belle que jamais, belle comme une odalisque dans ses voiles parfumés. chantant son éternelle et étrange chanson moitié française, moitié orientale, bercée sous l'immense nappe bleue d'outre-mer qui s'étendait comme le tapis turc de quelque sultane favorite. La rue Babazoun, la rue des Trois-Couleurs, la rue d'Afrique, la place du Gouvernement, le quartier d'Orléans, le port, la place de la République scintillaient de mille feux. Sur les quais, les colons français et étrangers fumant leur cigare ; çà et là des marchands turcs, juifs

ou arabes poussant leurs petits chars pleins de sparte-
ries, de soies, de clinquants, d'oranges et de pastilles du
sérail. De temps en temps une patrouille de zouaves
passant silencieuse et baïonnette au canon ou les cris
de quelque chasseur d'Afrique ou artilleur en goguette
chantant avec des matelots, des vieux refrains du village, une envolée lointaine et pittoresque d'un coin du
Berry, de la Flandre ou de la Gascogne. Dans les quartiers populeux, les terrasses des cafés étaient pleines :
orientaux ou occidentaux, soldats arabes ou français de
la garnison, Marseillais, Corses, Niçois, Marocains, Ita-
liens, Espagnols, Levantins parlaient, criaient, buvant
le *kauah* sous les palmiers frémissant à la brise du soir
dans leurs grandes caisses de bois peint en vert, au milieu d'une immense buée où l'odeur pénétrante de la
mer se mêlait aux âcres effluves des marchandises :
fruits, tabacs, aromates, alfa, absinthe, cafés, li-
queurs... Sur la place, un va-et-vient formidable de facteurs, de loueurs de voitures, de fiacres, de colporteurs,
de marchands d'amulettes, de chanteurs ambulants, de
tramways et de douaniers, s'agitant, fourmillant dans
cette cité reine de l'Orient moderne, si moderne qu'on
y chercherait en vain un souffle lointain des tièdes
vents d'Afrique.

Le théâtre en était à la trente-cinquième représenta-
tion de la *Mascotte*. Tout lasse, même les bonnes choses ; les concerts n'avaient pas encore changé de
troupe, où aller ? J'étais indécis. Les *gourbis* arabes où
l'on *pousse* la danse du ventre à grand renfort de tam-

bourins me cassaient la tête ; roulant les mains dans
les poches, j'échouai au *Café Marte*, petit réduit au car-
refour de trois rues. J'entrai là machinalement pour
prendre du thé et lire l'*Amusant*, comme les gens qui
n'ont rien à faire de leur soirée. En attendant le garçon,
je passai la salle en revue : c'était une pièce de moyenne
grandeur, éclairée à l'électricité, avec des colonnes
orientales et trois pots de bananiers contrastant étran-
gement avec un buste en plâtre de la République juché
sur une étagère entre deux lions en carton-pierre ; quelques consommateurs, presque tous Occidentaux, fumant leur pipe et jouant aux cartes. En somme, l'as-
pect ordinaire de la plupart des établissements de dé-
bit. J'allai commencer de bâiller, lorsque la porte s'ouvrit pour donner passage à une femme enveloppée d'une
mantille noire, les cheveux d'un noir superbe avec une
branchette de fleurs de grenadier piquant dedans une
traînée de feu. Elle adressa quelques mots à la patronne,
puis, tirant une guitare d'un petit sac de serge verte, elle
se mit à chanter d'une belle voix de dugazon la *Pa-
lomba*, d'Yradier, en espagnol. Chacun connaît le
rythme à la fois berceur et passionné de cette œuvre
délicieuse. Chaque roulade donnait lieu à une œillade,
qui eut rendu fou l'homme le plus froid du monde. Celui
qui a vu une Castillane chanter avec son cœur, ne
peut jamais l'oublier. C'est la cambrure de la jambe, le
balancement des hanches, les soubresauts du corsage,
les notes sortant serrées et fines des lèvres rouges
comme de la sanguine, tout vous enchante et vous ranime, cela vous réchauffe le cœur comme quelque bois-

son exquise qui finit par vous griser. Quand elle eut fini,
un chien que je n'avais pas remarqué d'abord, tout oc-
cupé que j'étais par cette gracieuse exhibition, prit dans
sa gueule un petit seau vert et se mit à faire la quête,
restant devant le consommateur jusqu'à ce que celui-ci
eût donné son obole. Je trouvai le système assez ingé-
nieux, et le chien admirable dans sa chasse d'un nouveau genre. Quand il arrive devant moi, je mis deux
sous dans la sébille, en y ajoutant un œillet blanc que
j'avais à la boutonnière. Lorsque l'animal rapporta le
résultat de la collecte, la belle Espagnole vida les pièces
dans son sachet, prit ma fleur, me regarda fixement
une demi-minute de ses grands yeux noirs, piqua la
fleur sur le côté gauche de son corsage et sortit sans un
mot, sans un geste, sans un regard, en claquant la porte
derrière elle. « Diable ! me dis-je, il paraît que je ne
lui plais pas », et j'achevai ma tasse sans penser davantage à cette petite scène muette. Un moment après,
cette idée me revint : Elle m'agaçait, cette fille, avec
cette espèce de regard droit et froid qu'elle avait eu. Pas
un merci ! pas un sourire ! c'était humiliant, et je me
levai en fredonnant je ne sais pourquoi, la habanera de
Bizet :

L'amour est enfant de Bohême...

Chemin faisant, je frottai une allumette, quel ne fut
pas mon étonnement, lorsque, voulant l'approcher de
ma cigarette, quelqu'un derrière moi la souffla rapide-
ment... Je me retournai, c'était mon Espagnole. Je
voulus sourire, mais de l'accent le plus sérieux du

monde, et comme si elle eut accompli un acte de haute justice, elle me dit en mauvais français, roulant terriblement les *r* : « Caballero, vous avez mis oune fleur dans lé sceau dé mon chienn ; est-ce qu'on donne des fleurs à les chiens ? si c'était pour moi, pourquoi pas la donner à moi ? Tenez, la voilà, votre vilaine fleur blanche, mettez-la dans le livre de messe de votre maîtresse. » — Ah ! par tous les saints de la Castille, je la trouvai trop raide, la farce. Je sentis une rougeur me monter au visage, mais au lieu d'insister, comme j'eus fait en toute autre occurrence, une idée me vint : « C'est bien, senorita, dis-je simplement, je vous ai donné cette fleur parce que je préférais vos yeux à ceux de celle dont vous parlez, mais puisque l'œillet ne vous plaît pas, je vais le lui donner tout de suite. Adieu, mademoiselle ! »

Eh bien, *Caramba*, dit-elle, ça me va, ça, voilà au moins un caballero qui sait parler et qui ne vous ennuie pas... — Puis changeant subitement de ton et douce avec des yeux de chatte : Va chez ton aimée, va ! et sois heureux, moi je n'ai plus de cœur, d'ailleurs personne ne m'aime. » Je vis alors que le moment était venu de jouer serré. J'employai toute la rhétorique dont j'étais capable pour lui prouver qu'elle était délicieuse et que je l'adorais. Ce manège dura longtemps, elle m'interrompait par de longs éclats de rire ou par un refrain de chanson espagnole : *Yo amo una nina cchicera !* ou bien *Alza, alza !* ou encore : *Jentilla mariposilla !* Mais le dernier refrain fut le plus beau et le plus vibrant de tous, je ne l'oublierai jamais...

Chaque matin elle emplissait ma chambre de ses plus joyeuses créations, l'appartement en était devenu un véritable concert. La vie était douce, une longue ivresse qui semblait ne jamais devoir finir. Toutes les gammes du cœur humain étaient réunies dans cette nature vibrante, faite de sang, de feu et de lave. Tantôt c'étaient des expansions douces, des *aime-moi comme une petite rose bleue*, ou bien des *je veux me faire belle pour que tu me rêves ce soir !* tantôt des emportements terribles, des menaces de couteau et de *navaja*, si je faisais mine de la négliger.

Elle avait dans ses cheveux un petit poignard en cuivre argenté à lame fine et aiguë ; ce pauvre petit poignard ! que de fois il a été jeté en l'air, planté dans la tapisserie ou fiché droit sur le plancher.

En général après l'inévitable cliché des scènes de larmes ou de cheveux dont les notes ne varient jamais pour aucune femme, il y avait les moments de confidences. Là vraiment le sujet était piquant, plein de délices : Il y avait là des histoires de vilain Maure qui voulait un jour l'acheter à Tanger, ou bien un Autrichien qu'elle avait rencontré à Tunis, qui s'était à moitié fait assommer par un saphi français et qui avait voulu se jeter pour elle dans le port de la Goulette. Quelquefois des descriptions pittoresques et même émouvantes dans sa famille, là-bas dans les montagnes de Burgos. Elle avait eu en Espagne un fiancé qui l'avait enlevée ; ils étaient partis en France en troupe de ballet, puis en Allemagne, par là vers la Bavière ou la Saxe ; mais cet oiseau des pays chauds s'ennuyait à mourir dans les Biergärten, les Kneippen et les Brauereien, il lui fallait son soleil et ses chansons. Elle avait quitté son fiancé à Paris, mais elle espérait le retrouver plus tard quand ils seraient riches. Elle disait cela tout naturellement comme on doit revoir un frère après une longue séparation. Des expressions sentimentales ou naturalistes comme celles-ci : S'aimer comme deux *agneaux bessons* ou pesant comme un *baril de hareng*. Puis elle s'interrompait pour s'adresser au chien: Pas vrai, Popillo ? et Popillo tournait vers moi ses gros yeux jaunes comme pour approuver ce que disait sa maîtresse. Je trouvai la vie pimentée et l'amour né de l'habitude s'empara peu à peu de moi, je sentais que j'allais l'aimer, sans qu'une mâle détermination put cette fois me détacher.

Un matin, je sortis après l'avoir embrassée, je passai chez un fleuriste lui acheter quelques roses. Quand je revins, femme et chien avaient disparus. Sur la table une fleur sèche et une lettre : Je ne t'aime plus, je te rends ton cœur et ta fleur, adieu, merci. — Je restai pétrifié. Partie, elle que j'adorais. — Pendant une heure mon cœur saigna affreusement. Si j'avais su pourquoi au moins !... j'en avais des buissons dans la gorge. Tout à coup je me levai, je plongeai ma tête dans une cuvette d'eau froide, j'allumai une cigarette et allai sur la place regarder les enfants jouer au bouchon.

Genève 1895.

CONTES DE NOEL

LE DIAMANT

—

Comme il y avait déjà dix ans qu'il était né, le petit
Jésus voulut faire une excursion du côté de sa ville natale. Il essuya avec soin la lame de sa scie, enleva les
copeaux de son petit rabot, serra tous ses outils dans
un coin de l'atelier et sortit sans bruit de Nazareth. Il
faisait froid, il fut obligé de rabattre sur ses yeux le
capuchon de sa petite robe; il traversa très vite la
passerelle du torrent où les buissons et les touffes d'oliviers étaient déjà saupoudrés d'une fine couche de
neige. Puis, il monta le revers du vallon et aperçut dans
une crevasse de rocher, tout près du sentier, un superbe rosier qui portait de belles fleurs blanches et
des feuilles très vertes bien qu'en cette saison les grands
éventails des palmiers fussent déjà diaprés par le froid
baiser des nuits d'hiver.

— Mais, dit l'enfant, les autres plantes sont toutes
dépourvues de leur parure, et toi, rosier, tu portes de
magnifiques fleurs. Pourquoi ?

— C'est que, répondit l'arbuste, le jour où tu naquis,
il y a dix ans juste aujourd'hui, je n'étais qu'un pauvre
brin d'herbe pas plus grand que ce pied d'églantine que
tu vois là-bas. Ta famille partait en Egypte, ta mère
te portait dans ses bras. Il faisait si froid que tu pleu-

rais à fendre l'âme. Une de tes larmes glissa sur ta robe
blanche et tomba sur moi.

Depuis ce temps, je suis devenu une plante forte et
robuste, je porte chaque année, entre autres roses, un
bouton qui s'ouvre à la nuit de Noël et qui contient au
milieu du pistil un beau diamant, si beau que les plus
grands rois d'Assyrie ou de Calcédoine n'oseraient le
porter sur leur tête, de peur de rendre jaloux le soleil.
Il n'est pas sur la terre de joyau plus pur.

L'enfant Jésus cueillit la fleur et regarda dedans.

— C'est vrai, dit il, on dirait une coulée de soleil ; les
marches du trône de mon père doivent être ainsi.

Ce disant, il partit, emportant la rose. Comme il
était fatigué, il s'assit sur un rocher et contempla la
nature toute fraîche sous ses minces voiles immaculés.

— A qui, se dit-il, pourrai-je bien donner cette merveilleuse fleur et la richesse qu'elle contient ?

Puis une inspiration lui vint :

— Celui, dit-il, qui fera aujourd'hui la meilleure ac-
tion la recevra en récompense.

Il marcha longtemps, longtemps et arriva dans une
ville ; il y avait, dans la plus belle rue, le palais du roi.
La porte était brillante comme de l'améthyste, les
gonds étaient faits de beryl, les pavés des cours étaient
en pierres de sardonyx, les marches du trône avaient
été taillées dans des blocs de porphyre. Jésus entra
dans une immense salle toute tendue de soieries et
d'or. Il avait l'air si gentil que les gardes le laissèrent
passer. Il y avait là une grande table chargée de mets

de toute espèce et un intendant en grand turban d'étoffe moirée et en longue robe d'hermine, qni se promenait gravement. L'enfant lui dit qu'il avait bien faim. L'homme le fit asseoir à la table, lui versa d'une aiguière d'or une boisson réconfortante et le fit toucher aux meilleurs plats. Dès qu'il eut fini, l'intendant lui dit de vite partir, car le roi allait arriver et n'aimerait pas à voir un mendiant à sa table. Jésus remercia, mais pensa qu'on avait tort de rougir de lui et s'en fut, non toutefois sans laisser tomber, en traversant le palais, les trois feuilles qui ornaient la tige de la rose, ce qui, dit-on, porta bonheur à l'intendant.

Il se faisait tard, la famille devait être inquiète, Jésus hâta le pas dans la direction de Nazareth mais comme il faisait très noir, il se perdit. Il vit à sa gauche une lumière et se dirigeant de ce côté. C'était une très grande ferme au milieu d'une riche propriété. Jésus entra dans la cour. Il y avait plusieurs domestiques occupés à rentrer les outils de travail. Un grand nombre de bœufs, de chevaux, de dromadaires et de troupeaux. Le métayer se mit sur le pas de sa porte.

— Que veux-tu, petit ? dit-il à Jésus.

— Oh ! pas grand chose, je me suis égaré dans la montagne et je ne sais où aller : voulez-vous me recevoir ?

Le métayer pris l'enfant par la main et lui fit visiter tous les ais de son domaine.

— Tu vois, dit-il, c'est parce que je suis juste et bon que Dieu me fait si heureux ; jamais je n'ai attiré sa colère, je me suis toujours soumis à ses lois et j'ai au jourd'hui la récompense de mes vertus.

Il conduisit ensuite Jésus dans une belle chambre et lui donna pour se reposer un beau lit avec de fines dentelles. Le lendemain, Jésus dit au riche métayer :

— Tu as eu raison d'être juste. Voici une fleur qui continuera ton bonheur mais souviens-toi d'être toujours humble d'esprit.

Il donna la rose blanche, mais eut soin d'enlever sans que l'homme s'en aperçut, le beau diamant qu'il cacha sous sa robe, et partit.

Comme il allait rentrer chez ses parents, il rencontra aux portes de Nazareth un pauvre mendiant qui portait un petit enfant dans ses bras. Jésus lui dit : « Je viens de faire une longue course et j'ai grand faim, peux-tu me donner quelque chose ? » L'homme prit le morceau de pain que portait son enfant, le partagea en deux et en donna une moitié à Jésus. — Que veux-tu pour ta récompense ? dit l'Enfant-Dieu. Le mendiant lui répondit : — Je voudrais que Dieu me pardonne mes fautes, car je suis un misérable pécheur qui ai souvent attiré la colère du ciel et le pardon et la miséricorde, bien que j'en sois indigne, serait mon plus grand bonheur. Jésus lui dit : — Va et sois juste, ne pèche plus et Dieu te remet tes fautes. Et ce disant, il lui donna le diamant qui était une richesse et semblait une étoile sous la caresse des rayons du matin.

1895.

NOEL MÉROVINGIEN

Du temps que les reines filaient et que les rois ne
savaient pas lire, vivait dans la forêt d'Armort-sur-Es-
caut un vieillard que les gens du village appelaient le
Vieux-des-Bois. Il s'était fait sa cabane un jour en quelques coups de hâche dans les mélèzes. Les jeunes, ses
enfants étaient partis, l'aîné au service du roi Théobald,
les autres dans les villes (car les jeunes, les villes les
prennent et les rendent quelquefois). Son affection
s'était concentrée sur sa fille Ortrude, jeune mère qui,
cueillant un jour des branchées de troènes pour la
tombe de son mari, était morte foudroyée d'un coup de
tonnerre, justement un jour où le soleil très printanier
avait semblé sourire dans son grand œil d'or... L'orage
avait jeté par là sa lourde cape humide et avec l'adieu
des rayons, Ortrude s'en était allée dans l'autre vie, là
bas, vers les villes d'ivoire dont parle Nodarulfe.

Et comme de douleur, les feuillées nouvelles des
taillis avaient aussitôt perlé des gouttelettes ; au fond de
l'immense forêt brabançonne ; un cerf avait bramé par
quatre fois, puis tout était rentré dans le silence.

Au rigide arrêt du sort, le Vieux-des-Bois s'était soumis et la foi, puissant dictame du pauvre et du malheureux, l'avait soutenu. « Mère, je voudrais revoir,
mère ! » disait quelquefois sa petite fille Yseultine sur
laquelle il consolait sa vieillesse. Oui, en dormant dans

sa couchette blanche la fillette criait : Mère, oh ! a
voir rien qu'un moment ! »

Les légumes qui s'écossaient au coin du feu, les bûchettes de sapin dont on faisait des jouets, la quenouille
bombée que vers ses quatorze ans Yseultine commençait de filer, le lourd bouclier de peau de squale ap-
pendu au mur et pris en dépouille sur les Alamans de
l'Oberyssel un jour où il servait dans les gens des leu-
des du roi, rien, rien ne détournait le vieillard contem-
plant, des larmes plein le cœur, la place vide où
Ortrude chantait en travaillant la douce cantilène :

> J'aime ton casque, ô guerrier bleu
> Et ta framée et ta colère,
> Mais jouvencel, écoute un peu
> Les sanglots sur la grève amère.

. . . .

Non, on n'entendait plus cette voix. Yseultine n'osait
pas, elle, car ce lied était une relique qu'on ne touchait
pas, pas plus que le hennin rose piqué d'abeilles en
satin d'or que la défunte mettait les jours de fête et
qui dormait sur un socle de bois recouvert de moires.

Parfois la fillette courant les bois, vaguant par les
buissons où traînent les blanches guirlandes de viornes,
cueillait de gros bouquets sentant la jeunesse et l'a-
mour, elle escaladait le mur du cimetière et allait faire
des jonchées à la tombe chérie. Mais le regret n'en restait pas moins éternellement amer comme les gerbes
de fleurs de mars. Et le bonhomme se disait souvent
en hochant la tête : Non ! la nature est morte mainte-

-nant et la mort est folle de vouloir ainsi laisser les vieux pour les faire pleurer ! Oui le bonhomme se disait cela en hochant la tête . . . .

Mais voici que l'été a fui, les guérets se durcissent, les armées victorieuses du roi Chilpéric reviennent de la Thuringe, et après leur long voyage de retour vers le pays Frank, elles arrivent dérouler en moissons de piques leurs longs quartier d'hiver par les forêts et les fleuves. Voici les sons de fête des trompettes de hérauts, les cliquetis, les piaffements... Le fils de Clovis, précède les phalanges, monté sur son farouche destrier capara-çonné d'or. Et pendant des journées, les hommes d'ar-mes s'écoulent, s'écoulent en longues files en chantant, la francisque haut, des refrains de camps.

Mais en traversant la forêt, un soldat blessé est resté en arrière ; son sang longtemps retenu, coule enfin à grands flots sur les derniers regains de novembre. Yseultine et le Vieux-des-Bois l'ont recueilli dans leur hutte et rien ne leur est impossible pour soulager le guerrier ; un mois il demeure étendu sur la couchette de l'enfant, les muscles raidis, l'air d'un fantôme de la guerre avec sa cotte et ses bandes d'acier froid et les longs crocs de sa moustache durcis par les affres. Il doit rester immobile, a dit l'herboriste, et dans trois jours il parlera.

Quel mirifique philtre a pu lui donner Yseultine ? La veille du jour de Noël, le franc parle : Merci, vous qui avez ouvert les mains pour moi, demain l'aurore se lèvera sur la naissance de Jésus notre nouvel et éter-

nel maître. Je vais mourir en paix ; que le plus cher de
vos désirs s'accomplisse en cette nuit !

Ainsi dit le guerrier, il frémit sous son sayon, étend
ses bras et expire.

. . . .

C'est la nuit maintenant, le vieillard et la jeune fille
prient, lentement vers le chevet du lit. Au loin, le clo-
cheton roman d'Armont tinte l'office, quelques fidèles
coupent le chemin par la lisière, et la neige craquèle
sous leurs pas. Dans la hutte, les yeux brûlés de
larmes, le vieux et la fillette sommeillent encore à
genoux. Mais voici qu'une passée de vent éteint la gi-
randole, que remplace une clarté du ciel : Yseultine et
le grand-père s'éveillent et restent cloués d'étonnement,
croyant rêver encore. Ortrude, vêtue d'une robe pareille
au firmament, portant en tête une auréole semblable
aux orfrois des vitraux d'abside, paraît leur souriant.
Sur ses lèvres fleurissent les infinies béatitudes et les
espoirs; elle s'avance, dépose sur la table des gerbes
de fleurs, des torsades de diamants, des lingots d'or, un
rouet d'ivoire, une hâchette en vermeil, puis disparaît
lentement, toujours souriante, s'effaçant à regret comme
une idée consolante. Et tandis qu'avec elle s'évanouis-
sent les lumières étranges, on entend comme une voix
séraphique, une psalmodie pareille à un bruissement
des feuilles de cristal, qui murmure :

J'aime ton casque, ô guerrier bleu !
Et ta framée et ta colère,

> Mais, jouvencel, écoute un peu
> Les sanglots sur la grève amère !

Au loin des pas crient sur la neige, les cloches tintent des choses enchantées qui remplissent de bonheur. Et le soleil matinal de Noël fait naître sur les voiles des neiges une ample moisson de fleurs-de-charité.

1894

PASTELS MYSTIQUES ET PROFANES

NOEL D'AMOUR

Sur son petit fleuve asiatique bordé de lauriers-roses et de myrtes saupoudrés d'un léger cristal, non loin de la mer amoureuse où l'archipel fait émerger ses pléïades d'îles d'or, Halicarnasse, la ville aux marbres purs mirait ses jolies maisons blanches, ses péristyles néo-grecs et ses colonnes bizantines. Quand les Dionyres menaient se baigner dans le Bosphore, les courtisanes de Thrace au corps d'albâtre, le bleu de lazulite de l'onde en pâlissait comme sous la coulée d'argent d'une Phébé magiquement blonde, ainsi la ville orientale jetait sur les rivages et les îles d'alentour le mystère pâle et berceur qui sortait de ses coupoles immaculées. On eut

dit très loin sur les flots une nouvelle Voie-Lactée toute
chatoyante, c'était le sourire d'Halicarnasse la byzantine.

Dans un des palais de la ville, Euphore à la tunique
pourprée de Tyr sommeille près de Flora la beauté
de Cappadoce. — Des parfums troublants de nard et de
cinnamone agonisent dans des trépieds de vermeil, et
les dernières fleurs des longs automnes orientaux, les
roses de Saba d'arrière-saison au réceptacle jaune éteint,
achèvent de perdre leurs larges pétales dans des vas-
ques de porphyre où l'onde jaillit en pleurs de rosée,
Dans le grand foyer d'airain forgé des branches de
cèdres odorants font chanter leur résine. Depuis longtemps Euphore et Flora ne s'aiment plus. En vain ils
ont cherché comme un joyau précieux, les traces des
tendresses perdues, le faste de la cour de l'Archonte a
empoisonné leurs cœurs et leur couche de brocart
frangé d'or n'a que de la languitude et des écœurements.
Au fond des flacons solitaires et les aiguières reléguées
le vin de Chypre se confit dans sa liquoreuse captivité,
les psaltérions ne font plus résonner leurs cordes,
l'aigle romain étouffe dans sa serre le dernier verset
des cent poèmes d'or de l'Orient. La débauche même a
sommeil, tout somnole comme le marbre des maisons,
c'est la fatigue, lourde pierre tombale, qui pèse sur le
monde, qui écrase l'harmonie, le bonheur, la fraternité
dans leur dernier rôle et pardessus cette pierre immense, un jeune César, maître du monde, se tient debout
nimbé de gloire, superbe, sûr de son piédestal fait d'é-
crasements et de ruines.

Mais tout à coup voici que dans le palais d'Euphore

des voix résonnent et des génies ailés crient qu'un Orient nouveau illumine le ciel, là bas vers le pays où la mer Morte reste engourdie dans ses eaux huileuses et grises. Et voilà que tout s'épure, qu'un souffle de grandeur d'âme et de bonnes actions emplit les parvis et les salles ; partout, sur les marbres, les statues, dans les jardins, les soies, les tentures, les lambrequins de pourpre, passe comme un immense vent de renouveau. Les mots de victoire qui flottent dans les airs vivifiés ne sont pas encore compris, mais c'est bien le prélude du grand printemps qui va renaître avant que le sang des holocaustes saintes ait sacré cette ère nouvelle, c'est un réveil d'amour qui naît par les âmes du monde. Euphore et Flora doivent un jour sentir le tranchant net et glissant de la dent du tigre.......

Quelque arène d'empereur... mais n'importe, aujourd'hui leur cœur s'éveille seulement, leur sang glacé se ranime, ils se sentent jeunes de nouveau et leurs lèvres s'unissent comme autrefois. Des roses nouvelles ont ouvert leurs bouches aux baisers d'une étrange aurore; sur les cristaux de neige, un soleil plus doré brille par les crêtes et les dômes des palais ; ça et là flotte un parfum de jeunesse et d'amour ; des légions d'ichneumons nacrés aux longues ailes d'émeraudes vonvonnent autour des larges calices de fleurs violettes, invraisemblables et primes-écloses avec le jour sur la nappe argentée des neiges fraîchement tombées; c'est un matin, mais un matin incomparable fait des diamants, de nacrés et de poussière d'or ! Les deux amants reprennent les ivresses depuis si longtemps oubliées. La vie renaît et si ce n'est

pas encore le Noël de la régénérescence, c'est bien le
Noël d'amour, première bienfaisance céleste ; car d'un
bout à l'autre des terres, un hymne de tendresse infinie court et grandit ses sonorités comme un orgue
immense où passe l'ineffable souffle de la concorde et
la charité.

1893.

L'HONNÊTE

SIMPLE PARABOLE DE TOUS LES TEMPS ET DE TOUS LES PAYS

Il y avait une fois dans le pays des Juifs un homme
si vertueux et si honnête qu'il eût preféré être supplicié
que de forfaire à son honneur. Comme la ville qu'il
habitait ne faisait point partie du territoire de sa tribu,
les gens de sac et de cordes jaloux de son intégrité, l'accusaient chaque fois qu'il s'absentait, d'avoir été chassé
par les autorités de la ville ou par le sanhédrin. Comme
il était pauvre, il n'avait pas ou n'avait que fort peu
d'amis. Comme il était savant et éclairé, il subissait la
haine des brutes, ce qui lui mettait immédiatement la
grosse majorité contre lui. D'autre part, comme il
aimait mieux les privations que les procédés malhon-

nêtes, le cortège interminable des faussaires et des faux-monnayeurs l'accablait de ses malpropretés. Souvent seul dans sa maison, il avait pleuré, car l'injustice l'étonnait toujours, naïf qu'il était comme tous les honnêtes. Souvent il s'était demandé s'il n'était pas préférable, en somme, d'agir comme tant d'autres dont la vie, faite de crimes impunis et de lâchetés dégoûtantes, loin de leur faire ombrage, leur servent d'égide protectrice et de manteau de luxe étalé devant la foule niaise. Il pleurait, le naïf, et tout en se bouchant les oreilles pour ne point s'entendre, criait qu'il voulait une bonne fois pour toutes en finir avec ces préjugés et voguer avec les tarés dans la mer immonde des bassesses et des couardises. Mais le naïf avait un sang généreux, son passé et celui des siens étant intact et propre, le naïf ne pouvait se résoudre à se contaminer.

Un jour qu'il s'était écarté de la ville, plongé dans ses réflexions, ayant encore à la gorge une de ces petites angoisses âcres qui pour être nées d'une source insignifiante n'en sont pas moins longues à descendre, il rencontra un vieux philosophe Chaldéen auquel il fit part de ses souffrances. Le vieillard ne répondit rien et lui fit signe de le suivre. Au bout de quelques minutes, ils arrivèrent dans un champ rempli de plantes dont les tiges étaient de tailles inégales. Les unes se dressaient droites et saines, les autres au contraire restaient chétives et rabougries au niveau du sol. Le philosophe en arracha deux, une grande fleurie et une petite presque desséchée : « Tu vois ces deux plantes, dit-il, celle-ci ne porte pas de fleurs, ses racines sont maladives, ses feuilles grêles, sa tige sans suc, c'est qu'elle a poussé sur une terre pure où les éléments putrides font défaut. Celle-là est forte et robuste, ses fleurs sont belles et odorantes, ses tissus chargés de sève vitale, c'est qu'elle est née au milieu du fumier, dans un sol mêlé de pourritures et de déjections ; l'endroit où elle a grandi est fréquenté par les animaux du pacage qui, en séjournant, couvrent la terre de leurs immondices... Retourne à la ville, sois noble et généreux et quand la bête te salira, remercie le Seigneur de te donner l'occasion de grandir, car l'animal passe et il est préférable qu'il te donne son fumier que si tu lui servais de nourriture ; un jour peut-être même, son cadavre grossira la richesse de la terre et ta vengeance sera meilleure encore, car, même crevé, il contribuera à ton élévation : tu sais, du reste, que rien ne vaut l'odeur d'un ennemi mort. »

Schaffhouse 1896.

GOUACHE MINIATURE

RÊVE D'ORIENT

Chut !... L'amour se tait, le sourire du silence est d'or, mais quand l'amour sourit, son sourire est un diamant.

Les fenêtres de ma chambre sont closes, les pieds hauts et la tête renversée dans une délicieuse somnolence, je m'endors en regardant la mignonne figure de biscuit verte et mauve qui orne ma cheminée dans sa mystérieuse attitude d'amour oriental. Avec ses yeux noirs, immobiles vers le ciel, son doigt coquettement placé sur les lèvres comme pour faire taire tout bruit importun, elle est vraiment gentille ma petite odalisque turque ; cette statuette de femme, pas plus grande que ça, fait songer dans son sourire énigmatique et dans l'inclinaison caressante de sa tête au milieu des cheveux dénoués et en désordre. Je pense à mon almée en dormant et je rêve. . . . .

Sous la coulée douce et silencieuse de la lune, Trébizonde se mirait amoureusement dans la mer. Son port aux digues crénelées se plissait de brises légères et vaisseaux et tartanes sommeillaient en berçant leurs coques. Les minarets maintenant muets de la voix des imans fondaient dans le ciel noir leur note pâle. Mollement la déesse des nuits d'Orient passait dans l'air en battant des ailes. Parfois, presque imperceptible, une plainte vague arrivait des flots de la Mer Noire et venait mourir sur la rive dans le clapotement des lames brisées. Quelques cris très rares et très secs ; peut-être du côté de la terre le cri monotone et lent des « *Allah nous garde* » de la patrouille turque sur les bastions où les armes luisantes d'Erzeroum ont quelquefois des reflets d'argent. C'était tout.

Et la nuit était si douce que la princesse Koé voulut aller chanter sur la grève avec la brise. Elle était si petite et si belle en même temps, la princesse, que dans les tapis à fleurs roses du palais, ses pieds se perdaient comme les pattes d'un colibri dans un calice de fleur. Sa voix était si fine lorsqu'elle chantait sur sa guzla, que les rossignolets et les petits lophophores du Taurus s'envolaient de jalousie et allaient se cacher sous les musas du parc. Comme les gardes du villayet et les eunuques veillaient aux portes, elle ne put sortir : mais Allah est si bon, il a surtout tant de faiblesses pour toutes ses petites créatures, qu'il envoya de son palais un bel ange qui prit Koé sur ses ailes et l'emporta jusque sur la plage où il la déposa et lui dit : " Allah, mon maître, m'envoie pour te faire sortir une heure du palais, mais comme ton maître, le pacha, est le fils chéri de Mohamed, Dieu te défend de rester plus d'une heure ici. " Hélas, les minutes passèrent vite, et Koé supplia pour rester un peu plus. L'ange, bien que céleste, trouva la princesse si belle qu'il la baisa sur les lèvres, et les fleurs du rivage ouvrirent aussitôt leurs corolles sans

que le soleil les eut chauffées de ses rayons. Ils s'aimèrent près des flots berceurs. L'heure était passée, et
Dieu les punit. L'ange vit qu'il n'avait plus d'ailes, et
comme il allait s'éloigner, il s'aperçut que Koé, un
doigt sur la bouche, lui recommandait le silence. Il
voulut s'approcher plus près d'elle, mais Allah l'avait
transformée en statuette, figée dans son geste. Le
prince céleste alors la prit sous sa robe et l'emporta
en Occident.

La statuette est devenue très petite, jusqu'au jour où
elle redeviendra odalisque pour jouer de la cithare dans
le ciel. Le bel ange l'a laissée ici quelque temps, et voici
qu'il veut me la reprendre, il frappe à ma porte, toc,
toc, toc !... Mais non, je m'éveille, ce n'est que le bruit
du vent contre mes volets, et ma petite princesse est
toujours là sur ma cheminée, avec son doigt sur la bouche. « Chut, dit-elle, pour me recommander de ne pas
dire son histoire. Mais comme je suis *roumi*, que, dans
mon pays d'Occident, on dit tout, et que celui à qui je
raconte la chose est très discret et très délicat en ces
matières, je lui dévoile tout le petit secret de mon almée, car je suis certain qu'il se souviendra de mon pro-
verbe oriental : « L'amour se tait, le silence est d'or,
mais le sourire discret de l'amour est un diamant. »

Genève, 1896.

Impromptu à lady Maryson

Mais vous le savez bien que l'existence est fausse,
Qu'elle grince en chantant comme un luth détraqué !
Ce qu'on adorait hier, aujourd'hui l'on s'en gausse,
Le tendre souvenir en vieux parfum musqué,
Moisit dans son coffret qu'une chute cabosse.

Puisque vous le savez, au nom de tous vos charmes,
Au nom de vos beaux yeux aux moires de lampas,
De ces yeux veloutés où perleraient des larmes,
Madame, voulez-vous, oh ! ne nous aimons pas !

1895.

Portraits de Femmes

LOULOU MACADAM

L'homme vertueux avait fini son plantureux dîner. Il quitta la salle à manger et alla s'installer dans le fauteuil du grand salon où les rideaux ont des rosaces vertes et de gros oiseaux rouges, et le lustre de jolies lames de cristal. L'homme vertueux digérait.

Le potage avait été bien mijoté, l'entrée un peu trop

cuite, mais assez savoureuse, les légumes légèrement salés mais bien sautés dans le beurre, le rôti cuit à point ; quant au dessert, le camembert et le gruyère auraient pu être plus frais ; vins, bières ou café, les boissons allaient assez, mais on lui avait donné des poires crassanes.

Conçoit-on que l'on donne des poires crassanes à un homme qui a répété cent fois qu'il ne les aimait pas ! Non, décidément, l'existence avait bien des amertumes ; nous mettrons à tout prix notre cordon bleu à la porte... Dehors il deviendra ce qu'il voudra... Oui, les anciens faisaient bien de dire que la vie n'est qu'une vallée de larmes ! et sur cette pensée philosophique, l'homme vertueux choisit avec soin un cigare très blond, très sec, très tacheté, craquant sous la pression du doigt, le coupa méthodiquement en museau de brochet avec son canif, et l'alluma lentement en dépliant son journal (une feuille modérée et de bon conseil)... Allons, bon ! voilà que les gamins de la dame du second commencent à faire du tapage avec leurs toupies. Non ! ce n'est plus tenable !... Non, je ne pourrai jamais trouvé sur cette terre un coin où l'on me laisse en repos. Ah ! Dieu me fait payer bien cher mes fautes ! Et l'homme vertueux sortit, claquant la porte sur son palier et descendit précipitamment les marches en quête de repos et de tranquillité. Où aller ? au temple ? il n'y a pas de service à cette heure ! Au café ? horreur ! les consommations y sont mauvaises et les joueurs vous énervent avec leurs cris : atout ! je coupe, à moi à faire !... Puis l'intelligence ne s'y développe pas et l'oisiveté y engendre le

vice... Non ! pas au café. Mais où alors ? au théâtre....
peuh ! on ne joue plus que d'ineptes gaudrioles... Ah !
dans le temps... enfin ! Aux cercles ? ah, bien oui, il n'y
en a qu'un seul de convenable, le sien, mais on s'y en-
dort d'ennui sur le billard... Que faire alors ? me coucher ? mais diable, ma digestion va rater !...

Soudain, l'homme vertueux frôla une femme dont les
longs yeux bistrés le fixèrent une minute. L'homme
vertueux baissa les siens et fila. Un quart d'heure après,
même rencontre, même manège.

C'est particulier, dit l'homme vertueux, nous n'arri-
verons jamais à nous débarrasser de ces créatures...
Quelques minutes après même croisement, même œillade affamée !... Au fait, dit alors notre vertueux,
je suis bien enclin aujourd'hui à sermoner quelqu'un,
je crois que voilà mon affaire...Ce sera bien la première
fois que je m'abaisserai à ces boues du ruisseau.
Voyons ! soyons fort et allons-y carrément d'une bonne
semonce ! La femme arrivait, lentement, un rire niais
aux lèvres : — Bonsoir ! — Bonsoir, ma fille, qu'est-ce
tu fais là ? — Eh bien, je suis libre ! tu viens ?... c'est
tout près, tu seras content !

Deux minutes après, dans un café bien sombre, où
l'on ne reconnaît pas les gens, le bonhomme et la pier-
reuse étaient attablés. Oh ! dès le début, il ne lui avait
pas donné le temps de finir son vilain chapitre d'offres
courantes, mais le bon sermon, là, tout de suite

Elle l'avait écouté d'abord un peu effarée, craignant
un policeman, puis en incrédule elle l'interrompait :

4

— Tu blagues ! hein ?... Mais lui continuait toujours ;
alors elle s'était intéressée, amusée d'abord par la
grosse tête du bonhomme qui roulait des yeux ronds
pour souligner chaque phrase. Tout à coup elle s'affala
sur la banquette, et si pâle que l'homme vit bien que ce
n'était pas une scène. Pour être bourgeois on n'en est
pas moins homme. Vite un kummel ! — Non, dit-elle,
un sandwich !

L'homme vertueux sentait sous le sein gauche une
espèce de tic tac qu'il n'avait jamais connu qu'à sa mon-
tre (un remontoir à 12 rubis). Ah ! pour le coup, il se
dévoua !... Allons, allons ! vite, vite, près de la cuisine,
elle serait mieux.

Pas mangé ! et depuis quand ? — Oh ! depuis hier à
minuit seulement. On avait soupé chez Baugecht !
mais ça fait tout de même vingt-quatre heures !... Sous
la lumière papillotante du gaz, il la regarda plus atten-
tivement. Elle n'était pas mal avec ses yeux bruns
clairs, son nez légèrement retroussé, ses dents fines et
serrées, sa gorge assez bien prise dans son jersey fin de
saison qui commençait à craquer sous le bras droit.
Comme elle pleurait, les larmes traçaient sur son plâ-
trage professionnel de petits ruisseaux indécis. Ce joli
visage prenait ainsi une laideur touchante et presque
comique en même temps. Naturellement elle conta
quelques phases de sa vie. Toujours le même roman :
d'origine autrichienne, abandonnée, un enfant mort....
venue à Paris depuis déjà six ans.... En parlant, les
traits de son visage s'accusaient maintenant. Elle n'avait

pas encore ces marques dégradantes des chauves-souris
du boulevard, sa lèvre ne portait que le pli des longs
jours sans pain, son front que le trait de l'animal qui
refuse toujours de nouvelles servilités et n'obéit que par
la faim. Seuls, certains mouvements de la bouche et
des yeux dénotaient quelque vague atavisme de prosti-
tution. — Et alors, ton premier ? — Oh ! il y a beau
temps qu'il se fiche de moi! — Et les autres ?— Y en a
eu de tous genres, mais ils valent si peu. — Et l'assistance ? — Ah ! bien oui, l'assistance ! ah ! de jolies
muffles! Une société allemande qui lui avait dit de tra-
vailler, qu'on ne recevait pas ici ces sortes de « Frauen-
zimmer ». Une autre, où elle avait prié, supplié.... De
l'argent ! savait-on quel usage elle en ferait ! Alors,
dans un moment de rage, elle avait demandé au nom
du Christ. — Allons, allons, pas de comédie ! » Alors
quoi ? L'asile de nuit, le rendez-vous de tout le manteau d'Arlequin du vice fait des lambeaux de toutes les
dépravations ! Elle vivait ainsi au jour le jour.

— Mais votre mère ? — Ah ! elle est à Vienne, chez
une cocotte hongroise, et l'argent qu'elle y gagne, elle le
donne à un jeune homme qui fait des tours de cartes.
— Et votre conscience ? — Ça, c'est facile à éteindre
avec un petit pain et un verre de bière !... C'est dur,
bien sûr, on est traquée par la police, harcelée par la
jalousie des autres femmes et leurs partners..., mais
cela vaut encore mieux que le verrou de la prison ou la
fenêtre grillée du repaire de joie. Je sais bien, il y a le
laudanum..., mais je ne ferai jamais ça, paraît que ça

jaunit et qu'en mourant ça vous défigure ! c'est bien assez de la faim qui vous creuse l'estomac...

Ah ! continua-t-elle, vous regardez cet anneau que j'ai au doigt..., c'est d'un que j'ai bien aimé. Un soir de l'hiver dernier (il m'avait quittée depuis six mois déjà), c'était par un froid de loup, je n'avais plus de papier que ses lettres : croiriez-vous que j'ai préféré grelotter plutôt que de les brûler pour allumer quelques bûchettes... Oh ! tout ça, voyez-vous, c'est des bêtises !...

Elle parlait, s'animait, réveillée par la dînette que le bonhomme lui offrait, séchait ses larmes du coin de sa serviette. Lui, l'interrompait de temps en temps. — Allons, ce n'est rien, il faut espérer, qui sait ?... Mais elle secouait la tête. — Non, non, je suis là dedans, avec toutes ces fainéantes et ces buveuses de santés, ça y est ! je dois y rester...

L'homme vertueux était très ému. Il se souvenait vaguement qu'il avait dans sa jeunesse trompé et abandonné une pauvre fille. Subitement il n'y tint plus, tira cent sous de sa poche, les donna à la femme, en lui disant : « Tiens, voilà au moins une pièce qui ne t'a pas coûté de honte ! » Et comme il se faisait maintenant tard, et qu'il est malséant de se trouver à cette heure en pareille compagnie, l'homme vertueux régla la note (3 fr. 80), dit un adieu protecteur à la pauvre femme, prit sa canne et son chapeau, et tout heureux du *devoir accompli* et de ce que les enfants de la dame du second devaient être couchés, s'en alla tranquillement finir son journal chez lui, dans la bonne pièce bien chaude où les

rideaux ont des rosaces vertes et de gros oiseaux rouges
et le lustre de petites lames de cristal.

Genève, 1895.

GRISAILLE

CHARITÉ

Glykù nektar àpo krétéros àphàssón.
(HOMÈRE, *Iliade*, I).

A E. GAIDAN.

Ah ! certes, l'ample fourrure de sa pelisse n'était pas
de reste, car ce matin-là, janvier avait étendu sur Genève un manteau de brume encore plus sombre que
d'ordinaire.

Immense, impénétrable, le brouillard couvrait la ville
de son voile glacé. Par delà le lac et se confondant avec
lui, une mer sans fin, grise, triste, mêlant sa lugubre
teinte à la lourdeur d'un ciel éteint. A peine visibles,
les ponts chevauchant d'une rive à l'autre, leurs arches
blindées d'une épaisse couche de givre. Dans l'île Rous-
seau, les arbres suintant l'humidité, pointaient, déses-
pérés, leurs cimes mornes et nues. Pas une feuille, pas
un rayon clair, pas un sourire. Partout la vapeur épaisse
qui glace, la mélancolie qui étreint le cœur, l'hiver dans
ses haillons boueux. Ouvriers, commis, bachelettes ac-

cortes, étudiants la cigarette aux lèvres, cochers grelot-
tants, facteurs en livrées bleues, ils passaient tous,
affairés, pressant le pas, se heurtant dans la brume.
Seules les mouettes piquant au vol les morceaux de
galette sur le pont du Mont-Blanc, avec leurs cris
effarés de légions en déroute, mettaient, blanches
comme des flocons d'étoupe, leur note claire sur la
nappe grise et enfumée du tableau.

Pourquoi se trouvait-il là, lui ? quel destin bizarre lui
avait fait quitter sa ville natale, sa douce cité mexicaine
qui souriait là-bas aux pieds des *sierras* ensoleillées,
sur le bord du *rio*, où sous les rayons d'un jour toujours
clair, le sable semble une poussière de diamants ! qui
sait ? Le dégoût de la vie peut-être ! les revers, l'âpre
sentiment des tristes réalités, l'écœurement qui sèche. .
Que de fois il avait voulu mourir, la rendre, cette vie
grinçante comme chaînes, à cette puissance qui la lui
avait donnée malgré lui ! Et maintenant, dans ce tohu-
bohu de gens se pressant, égoïstes à leur becquée de
pain, dans cet air bas, sombre, grouillant, presque so-
lide, il éprouvait un surcroît de dégoût. Le souvenir des
souffrances passées, l'arrière-goût des jours amers, des
billets bleus gaspillés, de ses confiances abusées, des
maîtresses qui le dupaient, des amis qui l'exploitaient,
tout se ravivait dans cette atmosphère de buée grise
comme une ponte malsaine éclose aux exhalaisons du
marais.

Ah ! *Dio Santo* ! la vie était triste, rien de bon ici-bas, rien ! Le ciel sans horizon, nageant dans l'effroyable néant, sans coin bleu, sans rayon, sans verdure, n'était-ce pas l'image de son existence ballottée, victime des vices et de la perfidie de l'humanité ?

*
* *

Il venait de traverser le pont du Mont-Blanc et s'arrêta tout à coup le cœur serré : affalé sur un ban du Jardin Anglais, un enfant, crispé par le froid, regardait, l'œil fixe et atone, la rampe du port où pendaient de petites lames de glace.

— Eh bien, se dit notre pessimiste, pourquoi cet enfant souffre-t-il ainsi ? Qui lui a valu ce destin ? Pauvre être innocent, fleur du chemin, gelée avant d'éclore !

Soudain, une bonne passa, tirant par la main un bébé récalcitrant, emmitouflé dans une riche pelisse, coiffé d'un chaud petit bonnet de martre russe. Il tenait dans sa main un énorme gâteau qu'il pouvait à peine becqueter, tant celle qui le conduisait hâtait le pas. Ils passèrent devant, tout près du petit mendiant. Instinctivement celui-ci tendit en avant une main avide, grelottante.

— Nounou, dit l'enfant riche, en retirant vivement la sienne, ce petit homme noir et sale qui veut me prendre mon gâteau. — C'est parce qu'il a faim, dit la bonne, allons, viens vite !

Il a faim ! et l'enfant se laisse traîner, pensant vaguement... la faim ! mais je n'ai pas faim moi, il n'a pas

comme moi son grand bol de lait chaud le matin ! Et
subitement par une de ces résolutions qui étonnent chez
les enfants, eux qui sont d'ordinaire l'égoïsme en fleur,
il quitte sa bonne, retourne sur ces pas et donne son gâteau au petit mendiant.

*
* *

Notre homme n'avait rien perdu de cette petite
scène, il s'éloigna lentement, alluma un blond *colorado*
se disant qu'au fond la vie avait encore du bon.

1896.

MADRIGAL

A l'auteur du *Puffisme parlant*,
édité à Rotterdam en 1890.

Tu demandes, pourceau, pourquoi ton *badinage*
T'a fait incontinent comme un lâche rosser.
Sâche que ton bagoût est un vain galandage
Qu'un coup de trique peut à jamais renverser.

Sicaire gobergé par la bêtise humaine,
Sbire faux et couard, repêché de l'égout,
Que les honnêtes gens couvriraient de leur haine
Si ton nom seul à tous n'inspirait le dégoût.

Il est mort maintenant, celui qui d'une claque
T'envoya t'aplatir contre un arbre à Pantin.
Mais si, comme pour lui, tu sors de ton cloaque
Pour jeter sur quelqu'un ta bave et ton venin, (1)

Sache que l'échéance à venir sera brève
Et qu'on flagellera ton visage sournois...
On aime le vautour qui frappe et qui s'élève,
On abat le chacal qui mord en tapinois.

1893.

PORTRAITS DE FEMMES

MAUD

Ce raseur de Claude, malgré nos protestations, voulut
à toute force nous servir encore celle-ci :

« Incarnant en elle le savoureux mélange du sang
brûlé des Sioux d'Amérique avec la pâleur à peine tein-
tée des races du Nord, Maud était ravissante.

» J'avais un jour, flânant au Luxembourg, ramassé
son mouchoir de batiste : toute ma vie je me souvien-
drai du long regard de flamme qui accompagna sa bou-
tade d'une exquise mutinerie : « Pourquoi vô avez ramassé? »

« Oh ! que les jours furent courts dans ce délicieux

(1) La pièce n'a pu paraître qu'en modifiant ainsi ce vers.

poëme de quelques semaines pendant lesquelles je me
grisai de son fou-rire et de ses cheveux d'ébène, friso-
tants et rebelles. Il y avait dans son regard quelque
chose du soleil de l'Arkansas, ce foyer d'or qui fait sourire la fleur pourprée de l'eucalyptus et ouvre les corolles nacrées des aloès de la Pampa.

« Des allures bizarres rappelant tour à tour la méri-
dionale, l'indienne et l'anglaise. Des expansions passionnées, des emportements de petite tigresse, des froideurs comiques, une suave combinaison de Mireille, de
Kisvaré et de Miss Crokett, une gaminerie charmante et
drôle qui lui faisait effeuiller par la fenêtre sur les pas-
sants les fleurs qui la paraient la veille et qui se logeait
jusque dans la manière de piquer sur ma manche les
épingles refusant de retenir sa trop abondante chevelure.

» De toutes les immenses et interminables rues de
Paris, ce qu'elle préférait c'étaient les longues allées
d'usines des quartiers industriels ; dans le brouhaha
des machines, dans la fumée des cheminées, sur les
voies des tramways-vapeur, elle sautait de joie, criant :
Hurrah New-York ! tandis que ses petits souliers mor-
dorés piétinaient la terre humide et charbonneuse.

» Dans la délicieuse campagne des environs de Paris,
elle ouvrait grands les yeux, voulant que ça aille plus
loin, cherchant, les narines dilatées, dans les taillis mi-
nuscules de Bagnolet, un coin de la forêt vierge ou de la
Savane.

» Son baiser avait une saveur si intense, une buée

chaude si capiteuse, une étreinte si éperdue, d'une passion fougueuse et de tendre mélancolie à la fois, que
dussé-je être immortel, le souvenir m'en restera toujours.

„ Lorsqu'on a été heureux et que, soit légèreté, soit
désir du nouveau, on a abandonné l'objet aimé qui faisait votre bonheur, il arrive parfois que, seul sur quelque rive perdue, sous quelques taillis jaunis par la bise,
où, étendu dans un fauteuil près de son feu, on songe
aux visions passées...

„ Alors on sent le regret cruel qui vous lancine et on
entend de très loin la voie de l'aimée qui vous crie
comme d'un autre monde : « Pourquoi as-tu fermé ton
cœur, oui, pourquoi ? tu peux souffrir, je t'oublie ! „ et
la vision passe....

„ La séparation... Oh ! elle fut cruelle ! Je reçus du
Hâvre une carte-lettre bien humble, bien saignante
dans sa concision : « Je pars pour l'Amérique, *my poor
daarling !* je serai si loin après ! viens au moins pour
l'adieu. „

„ Je verrai longtemps ce noir vapeur quittant le port
dans un nuage de fumée, au milieu du bruit du va-et-
vient des quais, des cris d'oiseaux bariolés, des beugle-
ments rauques des transatlantiques, et là-bas, sur le
pont, déjà loin, du paquebot, la main adorée agitant
son mouchoir, — celui du Luxembourg, peut-être. —
Adieu, adieu... Longtemps je vois la petite main qui
s'élève et s'abaisse, je crois entendre les sanglots, sentir
les larmes chaudes dont un quart d'heure avant elle

inondait mon visage, puis le sillage du bateau se ferme, la brume grise couvre tout, c'est l'océan immense, plus rien... Adieu ! „

1895.

UNE ÉTOILE UN JOUR

A l'éternelle mémoire de Charles Cros

Une étoile un jour
M'a parlé d'amour.

Et m'a dit : « Je brille
Ainsi que les yeux
Caressants et bleus
D'une pâle fille. „

Une étoile un jour
M'a parlé d'amour.

Mais mon feu câlin
Jetant sa lumière
De pur sanctuaire
Fait un jeu malin.

Il ouvre les lèvres
Des doux amoureux
Qui s'en vont par deux
Assouvir leurs fièvres.

Pour bercer leurs âmes
Il plisse l'azur
De l'horizon pur
De sourires calmes.

Puis par les jours noirs,
Cruelle sirène,
Je ris de leur peine
Et de leurs espoirs.

Une étoile un jour
M'a parlé d'amour.

1895.

LE GÉNIE DE LA FORÊT

...Et sa voix était comme le
bruit des grosses eaux.
(APOCALYPSE, I, 5).

Par la forêt où crèvent les autans,
Le vieux des bois calme ses chênes.

. . . .

« Chênes, rugueux géants de la forêt profonde
Qui dans la nuit tordez vos bras de désespoir,
Vous dont le chant divin dans les brumes du soir
Fait passer un sanglot qui rugit et qui gronde.

Hêtres, pins où le vent, prêtre éternel, entonne
Comme un orgue sacré le cantique des forts.
J'ordonne ! Suspendez vos farouches accords !
Je parle, et ma voix d'or dans les siècles résonne.

Depuis que Teutatès fit vibrer vos murmures,
Que le druide en priant leva vers vous ses mains,
Depuis que les Gaulois défiant les humains
Dirent leurs chants d'airain à vos sombres ramures.

Le fracas des autans ou l'ouragan qui tonne
Ont-ils sur ce passé jeté le drap des morts ?
Avez-vous oublié que le Père des sorts
Vous fit naître d'un gland tombé de sa couronne !

Craignez vous des démons le faible sortilège ?
Ces sombres désespoirs affolés dans la nuit
Sont-ils de vous, géants ? Les avez-vous du bruit
Que fait dans le lointain la hâche sacrilège ?

Je suis le Dieu puissant, pas un bourgeon ne tombe
Sans que j'en coupe mille à l'humble humanite.
Dormez, gardes du Temps, dans votre immensité
Jusqu'à l'hymne éternel de l'éternelle tombe !

1895.

Strophes Enfantines

LES MARGUERITES

A Mlle Ad. Dauphin

I

Dès que par bois et par étangs
Le radieux prince Printemps
Met sa parure des vingt ans
    A la nature.
Dès que pour sa grande chanson
L'amour accorde à l'unisson
Les nids du chêne et du buisson
    Dans un murmure.

II

On voit les fervents amoureux
Comme des pèlerins pieux
Renouveler, mystérieux,
    Les anciens rites.
C'est qu'ils vont pensifs, à pas lents,
A travers les sentiers troublants
Interroger les fleurons blancs
    Des Marguerites.

III

Reines sans or, vous fleurissez
Sans apparat près des fossés
Sous les arbustes enlacés
    Au bord des routes.
Et c'est à vous, craintives fleurs,
Que les amants ouvrent leurs cœurs,
Font confidence de leurs pleurs
    Et de leurs doutes !

IV

Suivant au hasard son chemin
Et sans songer au lendemain,
L'amour de sa frivole main
    Vous a semées.
Ainsi qu'il vous a fait fleurir,
Par l'amour vous devez flétrir,
Et celles qui vous font mourir
    Sont les aimées !

V

Combien de craintes et de peurs,
D'espérances et de rancœurs
Vous tenez dans vos frêles cœurs,
    Vous, si petites.
Pourtant vous laissez les jaloux
Ravir quelque chose de vous
A chaque mot cruel ou doux
    Que vous leur dites.

VI

Mais, hélas ! c'est souvent : *toujours*
Que vous répondez aux amours.
Croyez-m'en, gardez certains jours
    Vos lèvres closes.
Au lieu de *toujours* c'est longtemps
Qu'il faut dire, car le printemps
Sait bien que l'amour n'a qu'un temps
    Comme ses roses.

VII

Si votre fleur jamais ne ment,
Quand vous murmurez à l'amant
Le dernier mot : passionnément,
    Soyez discrètes,
De peur que le printemps jaloux
Ne vienne chanter dans les houx
Que les amants sont aussi fous
    Que les poètes.

Genève 1896.

LE VIEUX COFFRET

Voici le vieux coffret où j'ai jeté sa lettre

. . . .

La dernière ; comme c'est loin !
Pauvre coffret seul dans ton coin
Tu veux me reparler peut-être.
Ouvrons-le. Que dit-il ? des choses
Déjà bien vieilles et pourtant
Ouvrons-le quand même en chantant,
On sait ce que durent les roses !

Morceaux de gants, tiges de fleur,
Si de moi vous voulez un pleur
Allez ! ce sera le dernier
Le dernier de mes yeux sceptiques :
Vous finirez pauvres reliques
Dans la braise ou dans le panier.
Vite au feu vieux parfums moroses,
Vite au feu lettres du vieux temps,
Brûlons nos amours en chantant
On sait ce que durent les roses !

O charme lointain des amours de femmes
Chœur cruel et doux d'étranges voix d'âmes
Brûlez maintenant, brûlez tous en tas
Les pleurs du passé, n'empêcheront pas
Le feu chantonnant de mettre ses flammes
Au charme lointain des amours des femmes.

Vieux parfums vous êtes des fous,
Ce coffret est plein de guenilles
Il fera bon feu de brindilles
Ce vieux coffret malgré ses clous !
Cheveux rubans et pacotilles,
Lettres d'amours fleurs et guenilles,
Vieux parfums vous êtes des fous.
Mais brûler fait-il qu'on oublie ?
Le feu n'atteint pas la rancœur
Pour oublier toute ma vie
Je devrais y jeter mon cœur.

1895.

AUBADE DU PAYS

A vous, Mirèio, ren vous manquo !
F. MISTRAL.

Reveillo té, ma dindouletto,
Car dejà lou galan soulèou
Vin te vèire dins ta coutchetto
Et té doura dé soun calèou.

Espintcho la bello Prouvenço,
Et si flouretto et si missouns,
Et lou quinsard què sé balenço
Su li branqnetto di bouissons.

Per la fenestro esbadarnado
Lis ouselouns vènen canta ;
Escoute la galante aubado
Que vounvounent à ta bèouta.

Aneu ensèn, ma bello cato,
Saluda lou lusi dou jour.
Vè, dejà, li drôle et li tchato
Cantounedjènt si mots d'amour.

Regardo lou pouli miraou
Que faï per tu la rigouletto,
Et d'eï-lalin, fore l'enclaou
Li flour d'ou pra te fan risetto.
Naturo a viedsa soun foudaou,
Reveille té, ma dindouletto !

1895.

Portraits de Femmes

MARIE FLEUR-D'AMANDIER

A Jules Véran.

Douce, très douce, elle avait l'âme fleurie des plus
délicates tendresses. Elle était émondeuse et quand sa
tranchante serpette à la main elle échenillait les arbres
des bois, c'étaient de vraies larmes de désespoir si,

coupant les ramures, elle détruisait un nid ou blessait un écureuil. Fille des champs primitive et rêveuse, elle était de sentiment aussi finement blanche et rose que le gentil sobriquet que les gas de l'endroit lui avaient donné pour la distinguer des autres jeunes filles du même nom. On l'appelait *Mandelblümchen, Marie Fleur d'Amandier*. En effet le soleil qui l'été brunit de teintes vieil or les houblonnières de l'Alsace n'avait jamais osé toucher à la blancheur éburnéenne de son teint d'aube, arôme pur de fraîcheur et de sève en fleur. Oui très doux les yeux d'un bleu légèrement grisaille avec de petites traînées couleur lumière, très doux les cheveux tantôt foncés, tantôt feuille-morte suivant le jour, et le rose des lèvres avait cette teinte printannière qu'ont, dans les bois, les fleurs sauvages, lorsque primes-écloses elles grisent les abeilles et les frelons. Au surplus belle fille, fièrement campée sur la souplesse de la taille. Les vieilles gens qui depuis près de vingt ans la voyaient juchée sur les arbres en chantant des couplets avaient parfait son baptême poétique en lui donnant le nom de *Waldszaunkönig, roitelet de la forêt*. En effet, née dans les bois, bercée par sa mère aux divins accords de la voix des sapins, une forêt si petite qu'elle fut, était pour elle un monde, son monde. Par les jours d'automne où, dans les clairières résonnent secs les coups de hâche des bûcherons, c'était plaisir que de l'entendre fredonnant en patois alsacien ce lied à berceuse mélopée dont la traduction reste encore pâle mais dont le sens est une douce lumière d'avenir :

L'aquilon a mordu la feuille,
Mais la feuille envolée
Sera demain un bourgeon vert,
Un bourgeon fort comme l'espoir.

Un jour comme une trombe malfaisante, la guerre
s'abattit sur le pays et comme frères et père s'étaient
enrôlés sous la vraie Marseillaise forte et large, non
dans ce patriotisme de rue insipide et charlatan, mais
dans cette noble envolée d'un grand peuple qui se sou-
lève pour défendre ses droits, Fleur d'Amandier resta
seule et malgré les larmes qui affluaient à ses yeux, elle
chanta toujours son doux refrain des frondaisons.

Plus tard ce fut l'invasion s'étendant comme une
tache malsaine, la botte allemande piétinant dans l'im-
punité brutale. Marie quitta les bois, car les chaumières, les futaies, les récoltes, tout brûlait.

Un jour tout près du Rhin, elle taillait une treille de
lierre devant une auberge au détour d'un *hohlweg*. Un
détachement s'abattit sur la maison et après des liba-
tions sans nombre au milieu desquelles naïfs et lour-
dauds les devis de caserne plurent sur la pauvre jeune
fille, l'officier commandant, un bellâtre sec et fluet, à
cheveux jaunes la fit venir dans le taudis sous les com-
bles où il s'était installé et siffla à son oreille les derniers
appels, ceux qui ne respectent rien et brisent en étrein-
tes brutales les délicates attaches des cœurs de femmes.
L'assaut forcé à coup de crosses, le droit bête du vainqueur gris. Elle, froide, un coup de colère dans les
yeux, se contenta de résister, souriant de mépris avec

aux commissures des lèvres l'expression des suprêmes dédains. Mais comme à la nuit, l'officier gris dormait sur un escabeau de la chambre, elle descendit et un message lui annonça que son frère, soldat irrégulier, avait été pris par les Prussiens et fusillé comme tel au pied d'un charme. Fleur d'Amandier ne versa pas une larme mais remontant au taudis elle s'agenouilla près de l'officier qui dormait toujours et récita pour son frère la prière des morts. Puis comme l'allemand aveuli par l'ivresse ronflait la tête renversée, elle s'approcha et d'un coup de sa serpette lui trancha net le cou à l'endroit de la carotide. Sous la fenêtre le Rhin riait dans un clapotis lugubre. Alors prenant dans ses bras le corps elle le traîna de toutes ses forces sur le rebord et le laissa tomber au dehors. Le cadavre plongea dans un tourbillon, remonta deux ou trois fois dans des flaques rougeoyantes et disparut.

La vengeance accomplie, la douce enfant, si douce que la vue d'un nid sans oiseau la faisait pleurer, descendit, traversa la salle ou sur les tables, sur les bancs, à terre ronflaient des soldats et alla laver ses mains dans le Rhin. Immense, le fleuve noir saignait au loin des reflets d'incendies et là-bas dans les brumes de la nuit bourdonnaient comme des plaintes de mourants...

Lorsque le lendemain, comme les autres, la maison brûla, la douce enfant chantait dans les branches d'un hêtre:

> L'aquilon a mordu la feuille,
> Mais la feuille envolée

Sera demain un bourgeon vert,
Un bourgeon fort comme l'espoir....

Quand la fumée peu à peu dissipée laissa voir les ruines noirâtres et les poutrelles calcinées, elle répéta le dernier vers du refrain très lentement avec une voix de prophétesse :

Un bourgeon fort comme l'espoir.

1894.

SOUVENIR

Ce soir je revois tout, le pauvre banc de pierre,
Les vieux arbres du parc et les oiseaux jaseurs,
Et les bois crénelés des célestes roseurs,
Et les murs effrités qui s'habillent de lierre.

Le champ de tes yeux bleus où mon rêve vainqueur
Glanait les voluptés, tes lèvres frémissantes,
Tes cheveux d'or et puis dans tes mains languissantes
La douce fleur d'espoir qui m'embaumait le cœur.

Lugano, 1895.

LA VOIX DES CHOSES

Un œillet blanc comme du givre
M'a fait revoir tout le passé.
Mon pauvre cœur, mon cœur lassé,
A lu dans lui comme en un livre.

Il a lu dans les solitudes,
Dans les prés verts, tes pas d'oiseaux,
Tes soupirs d'âmes de roseau
Et puis nos chères lassitudes.

Tes cheveux noirs et bleu-de-nuit,
Tes seins prodigues de promesses
Et tes lèvres fleurs de caresses
Qui frissonnaient dans le déduit.

Le clavier, où blanches oiselles,
Tes mains caressaient en chantant
Et tes paupières s'ébattant
Sous mes baisers comme des ailes.

Il m'a montré jusqu'aux sandales,
Nids de rubans et de velours,
Que dans la hâte des amours
Tu lançais gaîment sur les dalles.

Puis j'ai placé l'œillet flétri
Dans le coffret des choses mortes,
Et j'ai fermé, rêveur, les portes
De mon pauvre cœur trop meurtri.

Milan, 1895.

DU COEUR AUX LÈVRES

(Simple Ritournelle)

Quand on sent le désir de vous reprendre toutes,
Et toutes à la fois dans un même baiser ;
Femmes, souvenirs lents d'espérance et de doutes,
Femmes aux regards d'or qui surent apaiser.

Quand on évoque seul, lointaines charmeresses,
L'arôme de vos chairs et le sang de vos cœurs ;
On a malgré le temps et les oublis moqueurs
L'amertume de fleur qui reste en vos caresses.

Et l'on aimerait tant ne fut-ce qu'un moment
Évoquer le passé, vous aimer jusqu'aux larmes,
Et mettre ce qu'il faut dans un embrassement
Pour vous faire épuiser la coupe de vos charmes.

Une bouche inconnue et qui serait vous toutes,
O vous, qui faites l'œuvre immense du Baiser,
Où l'on oublierait tout, les espoirs et les doutes,
Ou l'on aurait la soif de ne rien apaiser,

Mais pour semer après ce labour de caresses,
Pour remplir ce sillon tracé dans votre chair,
Il ne resterait rien, car l'épi dur et clair
De l'amour est jaloux et veut seul les tendresses.

Rêves ! l'on voit son âme enfiévrée, en délire,
Suivre banalement le vol d'un oiseau gris ;
Et l'on songe aux beaux jours que le sort nous a pris,
Où l'on sentait son cœur pur comme un chant de lyre.

Et puis l'on rit de tout, on donne des noms d'anges
A son merle, à son chat, voire à ses perroquets.
On écrase les fleurs aux bals sur les parquets,
Et l'on lance son chien sur un vol de mésanges

Bruxelles, 1894.

PAGES OUBLIÉES

Lucain BOUCHET

Nous le connûmes au premier étage d'un petit café de la rue Monsieur-le-Prince. Sur les vitres du rez-de-chaussée, on lisait en lettre rouges sur fond violet mourant : Les gens non vides au moral surtout et les artistes de première et de onzième grandeur sont invités à la conférence que Bouchet donne demain soir à 11 septembre 1888 à 8 h. 1/2 sur *l'âme de la pierre dans les temps modernes*. Vous croyez peut-être que l'entrée en était libre pour cela ? douce erreur ! Il fallait pour être admis, avoir commis quelque chose dans sa vie, statue, toile, journal, vers, sonate, plan de construction ou roman. En effet il y avait en *nota bene* sur le bas de l'affiche : Que celui qui n'a rien à se reprocher n'entre pas dans ce sanctuaire !...

Il s'était fait une petite estrade ; son chapeau bords-plats lui servant de secrétaire, il en tirait toutes les notes substantielles avec lesquelles il allait nous abreuver. Maigre à cette époque, les cheveux coupés presque ras, avec une figure colorée, insignifiante, qui eut fait croire à un honnête marchand de n'importe quoi, si deux grands yeux gris foncés n'avaient jeté sur ce visage pataud une note de profonde conception, de supériorité froide et solidement basée.

Le billard avait été couvert de tréteaux et converti en buffet préhistorique. C'était un cortège de viandes, de pâtés, de gâteaux et... ô Vachette, d'oranges ! on eut dit la vitrine d'une cantine le jour de la fête du colonel. Au milieu de tout ce fouillis, vingt bouteilles d'un vin dont la recherche de l'authenticité devait être aussi rigoureusement interdite que celle de la paternité dans le Code civil, se dressaient, comme le spectre du feu roi, silencieuses et sombres.

A la partie centrale du corps de garde des bouteilles, ô prodige, une dinde truffée. Nous restâmes plongés dans l'horreur des affres de la stupéfaction. Aussi, avec son bon sourire, Lucain commença :

« Messieurs, que la vue de ce volatile intempestif et luxueux sur la table d'un des derniers rejetons de la Bohême du quartier, ne soit pas une cause capable de détourner votre attention des principes indélébiles de l'art que je vais avoir l'honneur d'étaler à vos hautes intelligences.

Pour ma part, je n'hésiterai pas une seconde de plus à déclarer que si la chair d'une dinde est délicieuse, celle du marbre est un rêve, ne l'oublions pas! » Ça y était, nous voguions en pleine conférence, il avait mis le grand foc.... Ce fut long et beau et comme dix heures sonnaient et que le Paris quart-de-monde s'éveillait dans la rue, nous sentîmes nos estomacs prendre congé de nous. Bouchet eut son mot, comme toujours : « Et maintenant livrons-nous aux désordres des festins, je veux, une fois dans ma vie, vous plonger dans des abîmes d'étonnement ; cette volaille n'est pas en carton, elle est aussi bien en chair que l'oncle Francisque, allez-y ! » Ce fut une orgie. Vers onze heures trois quarts, il y eut un essai de conversation. Dubeclair que nous avions naturellement surnommé *Du bleu clair* commença une longue diatribe contre les peintres de l'ancienne école : « Oh! le vieux, le sombre lavé, les clairs-obscurs invraisemblables, toute la sophistication piteuse des Philistins de la palette ! A quand le coup de balai, le souverain nettoyage, place aux jeunes, messieurs ! » Cela pouvait s'éterniser, Nibourel le chansonnier profita d'une pause pour placer sa dernière : *La Vendeuse d'imagination.* C'était drôle, mais long. Plus longue fut encore *la Cavatine du prince* que Remillac nous détailla sur son violon apoplectique. Enfin un élève de Verlaine voulut débiter l'*Absence*, mais au cinquième vers, il s'arrêta net, jeta un coup d'œil effaré sur la table

bouleversée, bredouilla quelques articulations pour
reprendre le fil conducteur destiné à le ramener sur la
route du maître, et sortit en courant, bousculant les
chaises.... la dinde s'était vengée. » La machine est au
repos, hurla un journaliste. » Ce fut le dernier bon mot,
celui de la fin. A deux heures nous remontions la rue
Saint-André-des-Arts, Lucain soutenu par Maury l'architecte et Bartelet le mouleur, celui qui vint deux jours
après repêcher de la Seine la petite Lili des Bouffes,
Lucain gris comme un sarment continuait la deuxième
partie de sa conférence. Sur le ciel sombre brillait une
pléïade de débris de diamants, la lune drôle jetait entre
deux cheminées son reflet de monstrueuse luciole....
« Oui, criait ce pauvre Lucain, quoiqu'on dise et quoique
fassent ceux de l'Académie des crustacés, aussi bien les
jaunes contemplateurs des moisissures éternelles, rien
ne saurait envoûter nos vigoureuses aspirations, ni nous
empêcher d'animer notre rêve de pierre, de nous nour-
rir de conceptions saines et fortes, d'alimenter l'effer-
vescence bouillonnante de nos intellects !... » Un titi
passait la casquette enfoncée, l'air fouinard, le ventre
plat.... « Intellect, ça rime presque avec beefsteak, c'que
j'en tortillerai un, c'est un rêve ! » Nous le gardâmes,
Bouchet le convertit à ses doctrines, une heure après
en buvant du mélécass, il discourait librement sur Car-
peaux qu'il prenait pour un gros commerçant du quartier. On se tordait. « J'en ferai un metteur au point »
disait l'artiste en lui tâtant les muscles.

Pauvre Lucain, il lutta comme un beau diable contre

ce qu'il appelait les idées *crevassées* et à travers les crevasses il dirigea son œuvre et arriva ; quand il eut atteint le pinacle, un beau soir il piqua une tête dans l'épicerie, on ne le revit jamais plus.

Il était parvenu à se faire un cercle d'amis artistes grâce à la circulaire suivante, qu'il faisait distribuer gratis par son titi : Monsieur, la dinde que vous *mangeâtes* chez Bouchet le 11 septembre 1888 était un coq de forte race qui chaque matin dérangeait l'artiste de ses méditations profondes et *systématiquement divisées* sur les réformes à faire dans *l'étude du relief*, pensées destinées à bouleverser le monde de fond en comble et dont vous êtes invité à savourer la primeur au *café de la Source*, premier étage, les femmes ne sont pas admises, les éditeurs sont tolérés.

N. B. — Il y aura un second coq.

Toutes recherches faites, il fut découvert que Bouchet faisant à ces moments perdus des figurines pour un marchand de Saint-Denis se faisait payer en plantureuses volailles. Heureux restant des petits-fils de la Bohême de 1830 ! Lorsqu'un loustic artiste ou étudiant sentait le cap des tempêtes approcher où la bourse prendrait la forme d'une limande incomestible, il se consolait vite : « Bah ! c'est après-demain le coq à Bouchet ! »

Cher frondeur bon enfant, visionnaire emballé et têtu, cervelle prête à toutes les folies et cœur ouvert à toutes les généreuses aspirations, si ces lignes tombent sous tes yeux, qu'elles t'apportent le souvenir d'un copain qui sut lire dans les cascades irraisonnées de ta vie sans gouvernail, l'insouciance du pilote que le plus petit phare aurait pu faire aborder aux terres des grandes choses.

Niederrad, près Francfort-s/-Mein, 1894.

RENOUVEAU

A JEAN RENOUD

Les feuilles tombent, Marcelline !...

Les amandiers sont blancs, ma chère petite oublieuse et j'en suis sûr, ils ne vous rappellent rien. Oh ! ne protestez pas, c'est inutile, allez... Rien ! — Eh bien, si vous voulez, feuilletons négligemment cet album de notre vie passée... Je vous le jure, nous ne nous arrêterons nulle part de préférence ; même pas sous le grand paulownia aux longues grappes violettes qui fleuraient tant d'énivrantes langueurs, tant et tant que... mais non, fermons la porte aux voix lointaines des souvenances, puisqu'il est entendu que nous ne devons pas nous arrêter... Et surtout soyons gais, n'est-ce pas ? Ah ! vous étiez bien jolie dans votre toilette claire ; jupe toute simple, tombant droit mais souple, vous moulant si bien !

Les amandiers sont blancs, ma chère, et depuis ce

jour si ensoleillé ils ont blanchi cinq fois ! Mais sur
chaque rameau fleuri, la froidure a ajouté plus tard ses
fanfreluches de givre. Ainsi passèrent en votre âme des
choses douces et des cruautés. Vous souriez, je vois
bien, car il vous souvient maintenant de mes crédulités
passées et des élans que j'eus vers vous. Vous revoyez,
j'en suis sûr, la première rencontre sous les bois à peine
reverdis ; vous savez encore les arbres où, comme plus
tard votre menotte devait le faire à mon cœur, le canif
traçait sur l'écorce encore humide des dernières giboul-
lées, les initiales entrelacées de votre nom et du mien.
Ainsi font à l'école sur leurs bancs les enfantelets qui
savent écrire depuis peu. Ainsi faisais-je avec vous sous
les bouleaux, en apprenant ma première leçon de douleur... Vous feignîtes de m'aimer et, fausse, vous vous
donniez pour rire...

Riez, ma chère, les amandiers sont blancs. . . . . . .

Le jour de mes vingt ans, vous me dites un mot in-
fernal.... Plus tard vous voulûtes vous créer un plaisir,
vous forger une illusion. Vous vous crûtes jalouse, et
comme dans votre cœur vide aucune corde ne vibrait,
vous prîtes la première venue, la plus ordinaire, et à
force d'imagination le mirage pour vous devint une réa-
lité. Un jour que les feuilles tombaient lentement
comme des larmes, il vous sembla qu'une pierre froide
emplissait votre être.

Riez, ma chère..., car pour la cinquième fois les
amandièrs sont en fleurs.

Riez, car Dieu ne fit pas les taillis que pour un seul

5

nid, ni les grappes pour une seule becquée, à Mont-
rouge comme ailleurs.

Oui, riez, car les branches du grand paulownia par-
fumé de senteurs languides, ont abrité d'autres frissons
que les vôtres. Riez, car après les givres, d'autres bois
que les nôtres ont reverdi et vous ne les avez point vus.
Riez, car l'abeille blonde d'Anacréon ne meurt jamais
dans la corolle qui l'emprisonne.

Riez, car les bouleaux ont refait leurs ramures et,
sur leurs troncs comme en mon âme, la trace de nos
noms est à jamais disparue. Riez, car à part les folies du
délire, je ne crus jamais un mot de vos élans, ni de vos
jalousies, ni du froid solitaire de votre être. Riez, car
les femmes savent de leurs baisers sécher bien des
larmes que d'autres ont fait couler...

Les fleurs des amandiers blanchissent partout les
branches ; amer comme elles, le souvenir amer des
rancœurs jettera dans l'album de votre vie passée
comme un subtil parfum de tige desséchée. Cette fois
de bon cœur, riez, chère oublieuse, les amandiers sont
blancs.

1894.

INSTANTANÉ

A Max Meisel.

Mossieu l'jornaliss, dites pas qu'je suis ivre,
Si j'mendie, allez, c'est pas par métier.
Què qu'vous voulez, y a pus moyen d'vivre,
Mon état à moi s'est foulé l'pied...

  Dir' qu'on voit des gens qu'ont d'la veine
  Qui boulottent des fricandeaux !
  Qui schlinguent partout la verveine
  En faisant leurs godelureaux !

  Moi j'ai pas un rond et j'm'mare
  Pour à trouver deux sous d'brichton.
  Pas drôl' de coucher à la gare
  Sur les banquett's, minc' de mol'tons !

  J'sais bien qui n'y a des gigolettes,
  D'puis qu'on s'est mis à les chanter
  A posent tout's pour les cocodettes.
  Y a pus moyen d'rien dégoter.

  Dit's donc, vous qui t'nez la plume,
  Fait's donc entendre aux richards....
  Fichez leur en pour un volume,
  Dites leur qu'on a pas d'plumards ;

Pis vous, au lieu d'fair' l'philanthrope,
C'qui ne vous avanc'ra de rien,
Donnez quat' sous pour boir' eun' chope,
Si vous saviez c'que ça fait d'bien !

1895.

IIIᵉ PARTIE

RIMES DOUBLÉES

Virelai pour Carlotta L.....

Madame, pour vous bien coiffer
Et pour que cette mèche frise,
Laissez donc le fer se chauffer
Et permettez que je vous dise
A propos d'un bout de cytise,
Un refrain drôle à s'esclaffer,
Mais triste comme un chant d'église.
Permettez que je vous le dise,
En laissant le fer se chauffer.

Croyez-vous qu'avant-hier matin
(Ah! parbleu, la drôle d'histoire!)
Croyez-vous qu'avant-hier matin
En furetant dans une armoire,
Je trouve un bout de romarin,
De romarin ou de cytise,
Que vous aviez sous un sapin
Cueilli de votre main exquise.
C'est un bien drôle de refrain!

C'est un bien drôle de refrain,
Car ce soir-là vraiment éprise
Au milieu du tendre regain
Où tu t'étais, d'amour assise,
Tu mis ton cœur tout près du mien
Et notre étreinte fut exquise,
Et ce fut un bien doux lien,
Tu te donnas vraiment éprise
Sous les oliviers du chemin.

Mais maintenant ce gai refrain
Est triste comme un chant d'église...
Comme la fleur de ce cytise
(Pauvre cytise ou romarin!)
Tu l'as épinglée à ton sein
Et qu'à tes lèvres tu l'a mise,
Pour qu'elle s'en aille très loin,
J'ai jeté la fleur à la brise.
Pauvre cytise ou romarin.

ENVOI

Mais bah! Madame, il ne m'en chaut
Que vous ayez tué mon âme,
Frisez-vous, votre fer esr chaud,
Et surtout, poudrez-vous, Madame !

1894.

LA JAGUARITA

FANDANGO PORTUGAIS

1

Dans la plaine doucement
On entend chanter le Tage,
L'étoile est en son mirage
Un débris de diamant.

La nuit sous son voile noir,
A l'air d'une brune fille
Qui rêve dans sa mantille
A quelqu'amoureux espoir.

    R. De Montalègre
        A Setubal
        De Portasègre
        A Port-Réal.

Il n'est sur ma vie
D'étrange folie
Que ne suscita
La Jaguarita.

    Que la fièvre
    De ta lèvre
Verse en notre cœur
    Sa liqueur !

II

Pour ne baiser rien qu'un cil
Rien qu'un ongle, un ongle rose,
Je tiendrais pour peu de chose
Et Lisbonne et le Brésil !

Pour un seul maravédis
Je vendrais, ô charmeresse
Au corps souple de tigresse
Ma place du paradis.

III

Va, jette ton bleu saïa
Et ton lourd peigne d'ivoire,
Il ne sert de rien pour boire
Le vin de Manzanaïa.

Sur la neige de ton flanc
La lune glisse, câline,
Mêlant sa teinte opaline
A ton velours rose et blanc.

1893.

TROIS CONTES NAÏFS

I

LE PEINTRE ET SON SINGE

Il y avait une fois un peintre.

Il y avait une fois un singe.

Le peintre et le singe s'aimaient beaucoup, mais ce qui ennuyait le peintre c'est que lorsqu'il travaillait à ses toiles, le singe venait souvent tout barbouiller avec sa queue ou ses pieds.

Ce qui ennuyait le singe, c'est que pour ces méfaits de peu d'importance, le peintre l'envoyait régulièrement nager par la fenêtre (ce qui, pour un singe, n'est rien moins que commode).

A part ces petits incidents, la bonne entente régnait entre le bi- et le quadrumane.

Cependant, comme tous les nombreux peintres refusés au Salon, le peintre pleurait. Il y en a qui en rient, mais ce sont des peintres qui affectent le jaune citron ou le jaune d'ocre.

Un jour que cette catastrophe s'était pour la vingtième fois renouvelée, le rapin attrappa un de ses derniers tableaux refusés et se mit à lui donner de grands coups de pinceau en le barbouillant déplorablement et en criant son fameux : « Ah ! les pleutres ! Ah ! les vilains muff's ! Ah ! les marchands de salade ! » Mais à force de frapper à coups de pinceau sur ce pauvre tableau qui s'appelait, je crois, *Nymphe au bain*, les couleurs changèrent sensiblement de place. Les arbres de rouges qu'ils étaient comme de juste, devinrent du plus beau vert, le ciel de marron d'Inde finit par en devenir bleu, l'eau passa du noir au glauque et la Nymphe de violet archevêque à une espèce de teinte couleur chair. Quand il eût ainsi dérangé son tableau, il le flanqua dans un coin de l'atelier en redisant : muff's ! et d'autres choses que je ne veux pas répéter.

Mais j'avais oublié de vous dire que le singe aussi (les gens de sa race aiment quelquefois à imiter comme les hommes), le singe, dis-je (prononcez lentement) avait aussi fait un tableau *Nymphe au bain*, mais ses arbres à lui étaient verts, son ciel bleu, ses chairs couleur... chair, etc. (car j'ai dit que les singes aimaient à imiter les choses qui frappent leurs regards). En voyant son maître taper sur sa toile, il frappa aussi sur la sienne avec le bout de sa queue (qu'il avait très longue).

Ici laissons passer un laps de temps suffisant ; une année, si vous voulez bien.

Donc un an plus tard, le peintre se frappa le front (qu'il avait très large) et se dit : « Mais diable ! si j'essayais de présenter pour la seconde fois ma *Nymphe* au Salon !... Avec les bourgeois, il faut insister ! » Et il insista... Je sais, lecteur, que vous avez deviné, ne faites pas le... mystérieux ! Oui, c'est cela, le peintre se trompant, envoya au Salon le tableau de son singe et, comme vous l'avez deviné aussi, malin que vous êtes, le tableau simiesque fut reçu.

Lorsque plus tard le peintre retrouva son véritable
tableau à lui, il le présenta (car c'était un peintre rou-
blard), comme ayant été fait par son singe et écrivit au
bas comme titre :

Tableau fait par un singe, d'après le grand maître
(ici son nom), *représentant une nymphe se baignant
dans un cloaque et violemment pourprée par le froid
qui suit souvent les bains, froid dû surtout à un coucher de soleil très blanc et très faible à travers un bois
d'érables en pleine floraison, le tout un soir d'automne
par un ciel indécis.* Ouf ! et même surc ouf ! c'est fini.

Maintenant, aimable lecteur, sache bien que l'histoire que je viens ainsi de composer pour toi, est pleine
d'une très profonde philosophie, jointe à des consta-
tations bien obligeantes sur la vie depuis Schopenhauer.
Si le susdit conte ne t'entre pas subitement dans le
bulbe à la première lecture, relis, relis, et sache que la
patience est la mère des petits lecteurs.

1897

II

LE PAUVRE NAPOLITAIN ET LA VILAINE ABYSSINE

Paolo le Napolitain partait pour la guerre d'Abyssinie.

Et sa mère lui dit : « Pauvre Paolo, mon pauvre enfant, tu seras mangé, laisse-moi mourir. »

Et Paolo dit à sa mère : « Tranquillisez-vous, mère,
je les tuerai, ils ne me mangeront pas. »

Voilà la bataille qui éclate dans une gorge affreuse

et les Napolitains blessés se cachent derrière les cactus
pour ne pas être dévorés.

L'armée italienne a dû se replier là-bas, bien loin.
Paolo, derrière son cactus, compte les jours qui lui
restent à vivre. Pauvre Paolo !... Et il se demande ce
que lui et tant d'autres sont venus faire ici.

« Loin de ma chère patrie, de mon soleil, de mes
canzonette et des jolies *picerillie*, loin de la mer bleue
qui caresse comme les yeux d'une jeune fille... mourir
ici et mangé par ces faces machurées ! »

Ainsi disait Paolo en invoquant plusieurs saintes et
quelques saints.

Tout à coup, il entend marcher derrière lui, on lui
prend le bras... il croit déjà sentir les crocs anthropo-
phages lui entrer dans la chair ; il se retourne...

C'est une négresse abyssine qui ne vient pas pour le
manger, pas du tout. Elle porte une espèce de croix
peinte sur le bras et tient à la main des bandelettes, des
flacons, du baume de *Fioraventi*...

III

LE COQ ET SES POULES

Ce coq-là était très beau de la tête à la queue. Mais il
était trop bon, ses poules se moquaient de lui. Dès
qu'il trouvait sous ses pattes un grain ou un joli ver
(blanc bien entendu), vite il appelait ses poules. Et
celles-ci, dès qu'elles avaient mangé, s'en allaient autour d'autres coqs, de vieux coqs déplumés ou bien des

jeunes coqs, très blancs-becs, à qui elles donnaient
même quelquefois des petits morceaux des vers en
question (blancs bien entendu).

Et ces sales petits coqs étaient devenus de véritables
coqs en pâte.

Mais notre ami le beau, le vrai coq, n'était pas bon
jusqu'à la bêtise ; au lieu de chercher des aliments pour
sa volaillerie, il laissa lui-même ses poules lui chercher
à manger et à partir de ce moment elles tournèrent
autour de lui amoureusement et avec un bacchanal
épouvantable.

1897.

Comment Baken fit sa fortune littéraire

La courte historiette que voici comporte trois per-
sonnages : Baken, jeune poète méconnu, monsieur
Bekpingouin, éditeur très influent, homme de lettres à
ses heures, et mademoiselle Lucette, ancienne *bonne
amie* du vieux Bekpingouin, aujourd'hui institutrice de
ses enfants (!) et... consolatrice du jeune poète méconnu.

Cet après-midi-là, mademoiselle Lucette, de sortie,
avait rendu visite à son ami Baken :

— Alors, dit celui-ci, très intrigué, c'est vrai, tu as été autrefois dans l'intimité avec ton vieux singe de Bek-pingouin ?

— Mais oui, comme je te le dis; tu n'est pas jaloux au moins ?

— Bête ! répondit peu galant le poète méconnu,.... seulement c'est drôle voilà tout...

— Comment, drôle !

— Eh oui, qu'est-ce que tu leur apprends aux mio-ches de ce vieux !

— Comment ? en voilà une question!.., mais, l'alle-mand, l'anglais, le piano, un peu de morale civique.....

— Pas la métaphysique ?....

— Non, monsieur le savant, mais la physique, oui la physique.

— Ah, au fait, tu dois leur enseigner *de visu* la chute des corps et la chaleur acquise.

— Tu fais de l'esprit, mais il ne vaut pas cher, mon doux poète... et tu ferais mieux de deviner en quoi mes anciennes relations avec le père de mes élèves pourraient t'être utiles.

Baken eut un soubresaut d'honnêteté qui veut se montrer.

— Ah ça, qu'est-ce que tu veux dire ?

— Rien...

— Comment rien, tu vas me faire le plaisir de t'ex-pliquer, je suppose, hein ?

Puis le doux poète se rassit et alluma une bastos. (1) Elle répliqua avec une pointe d'ironie.

(1) Ou tout autre cigarette. Sans réclame

— Tu m'as l'air de connaître bien peu le monde pour un décadent.

— Ah çà, je te défends... je ne suis pas décadent... mais symboliste, entends-tu?

Eh bien symboliste si tu veux. Ça ne fait rien. Je constate en femme *pas comme les autres*.

— Intelligente, nous savons ça.

— Oui, intelligente, je constate que tes manuscrits pourrissent là dans ton tiroir et qu'il serait facile, bien facile, de les faire éditer.

— Ah! tu es toujours sa maîtresse, je le savais bien.

— Mais non, c'est fini il y a longtemps. Si tu le connaissais. (Elle lui glisse un mot à l'oreille, en riant.)

— Ça, ce n'est pas prouvé, mais enfin je trouve scandaleux, abominable que tu viennes me faire une proposition pareille. Pour qui me prends-tu, voyons, c'est du joli!

— C'est bon, ne te fâche pas, c'est par amour, voilà tout, que je te disais ça.

— Eh bien tu vas me faire le plaisir, par amour, de laisser là tes offres blessantes et de parler d'autre chose. J'irai moi, moi seul, lui présenter mes œuvres et tu verras si le talent ne sait pas faire son trou à l'horizon.

— C'est bien, je ne te dirai plus rien.

Huit jours après cette petite scène intime, Baken, muni de son volumineux manuscrit, se présenta chez Bekpingouin. A l'antichambre il vit un scribe de sa connaissance qui lui conseilla, pour réussir, une attitude humble, unie cependant à une certaine confiance en soi-même.

« Il n'est pas tendre le père Pingouin, mais avec ça vous êtes sûr de réussir, » ajouta le plumitif.

Un quart d'heure après la place était libre, le poète méconnu entra, mélangeant savamment une certaine confiance en soi-même et l'humilité de l'attitude.

Toc, toc !

— Trez !

Baken entra. Bekpingouin le regarda par-dessus ses lunettes d'un air désagréable.

— Qu'est-ce que vous voulez ?...

— Monsieur, c'est ma muse un peu audacieuse mais sincère qui me force à oser vous déranger de vos nombreuses occupations. J'ai là quelque chose dont je vous prierai de prendre connaissance ; des vers, monsieur, des vers symboliques comme du Tibulle.

A ces mots, le visage de Bekpingouin prit tout à coup une expression de hyène excitée, il enfonça son cou dans les épaules, se précipita sur le poète en lui criant :

— Malheureux, malheureux, des vers ! Voulez-vous me laisser tranquille et vider le plancher.

Et comme Baken interloqué balbutiait quelque réplique, le vieil homme le poussa dehors en criant :

— Voulez-vous me f... le camp ! des vers, ah bien ! il ne manquerait plus que ça ». Il saisit le manuscrit que le jeune auteur n'avait pas eu le temps de reprendre et après avoir lu le titre au vol : *Fleurs grises*, il jeta le tout au panier en ponctuant son geste d'un *peuh* important et coléreux.

Un moment Baken eut l'idée d'entrer reprendre son œuvre et d'en gifler cette vieille bourrique, mais il réfléchit : il avait un double et il trouverait toujours le temps, sans voies de faits punissables devant la loi, d'éreinter le bonhomme dans un article virulent, à l'emporte-pièce... oui, avec un titre tire-l'œil : *Le Gaga littéraire* par exemple, ou bien encore *Le Vieux pignouf !*.... Attends un peu je m'en vais te recommander toi.... et puis ton histoire passée avec Lucette.... ah ! nous allons nous faire du bon sang !.... le piano, les théories de la chaleur, attends, attends, vieux mufle ! Je m'en vais t'en coller une réputation, si tu restes au Consistoire je veux devenir, moi, évêque national !......

Ainsi exaltait notre poète méconnu. Deux jours se passèrent, il avait rédigé un pamphlet de huit colonnes, prêt à être donné à la composition, lorsque Lucette arriva chez lui :

— Qu'as-tu donc, tu boudes ?

— Rien.

— Ah ! je sais ce que c'est, ton manuscrit.... Eh bien, gros bêta, il va être édité.

Baken crut que la glace de la cheminée lui était tombée sur la tête. Il se tâta !

— Mais oui, et avec une préface de R.... encore.

— Une préface de R.... mais ce n'est pas possible !

— Cela est !....

— Mon Dieu ! qu'as-tu fait pour cela ?

— Oh ! presque rien. Chez Bekpingouin, la bonne en vidant le panier à papier allait allumer ses fourneaux avec tes *Fleurs Grises*, j'ai reconnu ton écriture, j'ai pris le manuscrit et je l'ai porté au vieux, voilà tout.

— C'est tout, tu ne caches rien ?

— Mais non, gros jaloux, rien !

J'ignore si les *Fleurs Grises* eurent du succès, mais ce dont je suis certain, c'est que cinq ans après Lucette était gérante d'un de ces hôtels où l'on vend l'air et *les vues pittoresques sur le lac*, à prix de regard et de respiration, et que Baken, poète connu maintenant, après un charmant tête-à-tête avec son ancienne amie, apprit d'elle que ce vieux coquin de Bekpingouin n'était pas si gaga que ça.

1897.

NOCTURNE ANGLAIS

Fait en souvenir d'un pauvre diable d'ouvrier anglais, rencontré un soir, affamé et errant sur un parapet de la Tamise.

Il fait si noir dans sa pauvre âme,
Oh ! si noir, qu'en levant les yeux
Il meurtrit la voûte des cieux
De regards où son doute clame.

Puis sur la borne se penchant
De ses grands yeux de famélique,
Il voit une étoile magique
Là-bas dans le fleuve méchant...

Il y voit les fleurs d'azalées,
L'auréole et les orfèvris,
Les manteaux bieus et les lambris
Des reines qui s'en sont allées....

Quel est donc ce magique bruit ?
Saint-Paul fait résonner sa cloche,
Et le son redondant ricoche
Par-dessus l'onde dans la nuit.

Plus loin, dans les brouillards de rouilles,
Comme un géant audacieux,
Westminster pointe vers les cieux
L'apparition de ses gargouilles.

Silence, orthodoxes clochers,
Saints construits en pierres païennes,
Le gueux n'entend pas vos antiennes,
Pour lui vous n'êtes que rochers !

Oui, tandis que la Rémora
Sur l'onde hypocrite l'enlève,
Il rêve, rêve, rêve, rêve,
Au fil de l'eau qui le prendra,

D'enlacements fous dans les nues,
Et dans les pâles tourbillons
De viols de vierges éperdues,
De désirs sertis de rayons.

. . . .

Bourgeois, faux lords pentagruels
Tirez-le de votre Tamise,
Coupez un peu de la chemise,
Petits morcelets des Cromwells !

Donnez vos stouts et vos saucisses,
Vos plum-puddings et vos roastbeefs,
Qui rouges ainsi que vos piffs,
Se moisissent dans vos offices.

Vos légendes de Gog et Magog
Qui poétisent votre fleuve
Sous l'onde noire qui l'abreuve
Il les donnerait pour un grog.

Londres, 1897.

LE CHANT DU CYGNE

I

O grand cygne insipide et bête !

. . . .

Tu glisses pompeux et enflé
Comme un sac blanc et mal gonflé.
Ton bec jaune en manche éraflé,
Levant stupidement ta tête,
O grand cygne insipide et bête.

II

Le beau mérite d'être blanc
Et de frôler l'eau de son flanc
Comme l'albatros du Grand-Banc,
L'ours du Nord ou le gypaète,
O grand cygne insipide et bête !

III

Quand tu prends ton horrible vol,
Allongeant niaisement ton col,
Ou quand tu rampes sur le sol,
Crois-tu ton allure coquette?
O grand cygne insipide et bête !

IV

Quand le bec, soufflant en avant,
Tu t'acharnes sur un enfant,
Tu te donnes l'air triomphant
Du beau monsieur que rien n'arrête.
O grand cygne insipide et bête !

V

Que tu sois trouvé beau parfois
Par la nourrice ou le bourgeois,
Qu'un Wagner même en ses émois
Mette ton col dans sa tempête,
O grand cygne insipide et bête.

VI

Que les artistes incompris
De ta fausseté soient épris,
Que tu paraisses en lambris
Dans les visions du poète,
O grand cygne insipide et bête.

VII

Tu seras toujours moins que rien,
Reste bête et blanc, c'est fort bien,
Mais laisse-nous, à ton maintien,
Préférer la grise mouette,
O grand cygne insipide et bête.

VIII

Quand tu plonges comiquement,
Laissant émerger bêtement
La pointe de ton fondement,
Tu perds ton grand air de suffète,
O grand cygne insipide et bête.

IX

Je ne chante que pour Pluton !
Ah ! ton chant final a du ton !
Eh bien ! chante et crève, avorton,
Mythe inepte, fable, amusette,
O grand cygne insipide et bête !

Carlsruhe, 1894.

IMPROMPTUS

LE CHIEN

Os de poulets, os de pigeons.

Je te maudis, ô chien, hurleur de morts atroces,
Qui manges l'immondice et salis la beauté,
Toi qui rampes devant la souveraineté
Et dans les loqueteux plonges tes crocs féroces.

Qui je te hais, ô chien, car les vices de l'homme
Tu les flattes sans cesse et de tout ton pouvoir.
Ton regard flagorneur qui veut nous émouvoir
Ne vaut pas le dédain du chat vrai gentilhomme.

Je te hais, plat valet ; la veule courtisane
A pour toi plus de soin que pour un fol amant.
Celle qui sous ses draps te berce mollement
Refuse au poitrinaire un verre de tisane.

Enfin je te maudis... lorsque le cerf halète,
Le cerf, noble rêveur que ton muffle a levé,
Tu le forces pour l'homme et lorsqu'il est crevé,
De son cœur palpitant tu te fais une fête !

Et puis, si tu m'en crois, parle de ton courage !
Oui, pour l'homme tu sais affronter le trépas,
Et le tout pour avoir les os de son repas,
Quitte un beau soir de juin à lui donner la rage.

Pourtant ne soyons pas injustes,
Tu rends service par moments :
Comme on fait trop de monuments,
Tu sais uriner sur les bustes.

O fidèle entre les fidèles !
Bâtard du grand loup jacobin !
Seigneur dodu, seigneur larbin,
Tu sers à laver nos vaisselles.

1897.

LE CHEVAL

—

Il est très beau, malgré sa domesticité.
Il a l'air d'un esclave en rut de liberté
Quand, sous le mors stupide, il bave et caracole,
En soulevant sa croupe ainsi qu'une espagnole.

BILLET

A mon ami K. E.

Comme toi, j'ai connu les affres de la faim,
Comme toi, j'ai souffert de la foule ordurière,
Et comme toi, brisé, couché sur une pierre,
J'ai maudit ma naissance et pleuré dans ma main.
Mais tu te plains à tort en croyant que la vie
Est faite pour les las et les indifférents.
Lutte au contraire à ....., à poings, à griffes, à dents,
Et plutôt que de voir ton âme être asservie
Aux cent mille goujats qui règnent ici bas,
Etouffe-là, morbleu ! mais ne la donne pas.

1897.

A MONS MAROT, CHAT DE GOUTTIÈRES

Aux jours défunts de ma bohême,
Marot ! tu revenais me parler chaque soir,
Et ton miaulement chantait un peu d'espoir
Aux jours de faim dans mon sixième !

Mon royaume touchait le tien,
Mais quand tu te coulais sur le bord des gouttières
Pour causer sans témoins, nous mêlions nos frontières,
Ton royaume devenait mien.

Pourquoi, rêveur mystérieux,
O matou troubadour, monter dans mon sixième ?
Aux cuisines d'en bas, préférer mon carême !
Pourquoi grimpais-tu dans mes cieux ?

Comme un grand seigneur indigent,
Que de fois l'air vainqueur et la queue en cravache
Tu vins, quoique janvier plaquât à ta moustache
Comme des aiguilles d'argent !

Par l'hiver triste comme un glas,
Combien de fois glacé, transi, sans couverture,
Tu vins me ranimer de ta chaude fourrure,
Par l'hiver lustrant son verglas.

Un jour je te fis une fête,
Et je te baptisai du grand nom de Marot,
Sous la forme d'un plantureux restant de rôt,
Un jour je te sacrai poète.

Je te baptisai dans ton goût,
Comme un prince du sang que l'on tient sur l'eau sainte,
Comme un fils de voyou qu'on baptise à l'absinthe,
Je te baptisai d'un ragoût.

Ami, devins-tu gibelotte ?...
Manchon de quelque grue ? ou bien boa d'atours ?
Peu m'importe... En mon cœur tu resteras toujours,
    Ami, souvenir qu'on dorlotte !

Octobre, 1897.

TABLE DES MATIÈRES

DEUXIÈME PARTIE

TROISIÈME PARTIE

Ouvrages de Fernand SARNETTE

Chansons (chez Henn, à Genève), 1892-96.

Les sept paroles, poésies et nouvelles, 1894.
Chez Vanier, Paris.

Madame l'Épave, roman contemporain, 1895.
Chez Vanier, Paris.

En passant, poésies et nouvelles. Bruxelles,
1898.

THÉATRE

La fin de Don Juan, 5 actes, 1897.

La Babouche (1), 3 actes en collaboration.
La première au théâtre de Genève, 1895.

Le vin de la cure, 1 acte en collaboration.
La première à Genève, 1896.

La Phalène, 3 actes en collaboration, 1896.

---

(1) En 1897, à Gand, cette pièce fut jouée en flamand, sous
le titre de : *T'Oostersche Pantoffeltje.*

www.ingramcontent.com/pod-product-compliance
Lightning Source LLC
Chambersburg PA
CBHW051132260626
47170CB00005B/1778